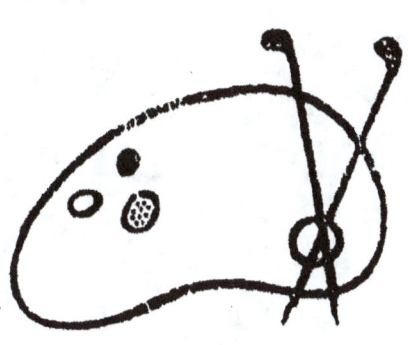

Début d'une série de documents
en couleur

COUVERTURES SUPERIEURE ET INFERIEURE D'IMPRIMEUR

13261

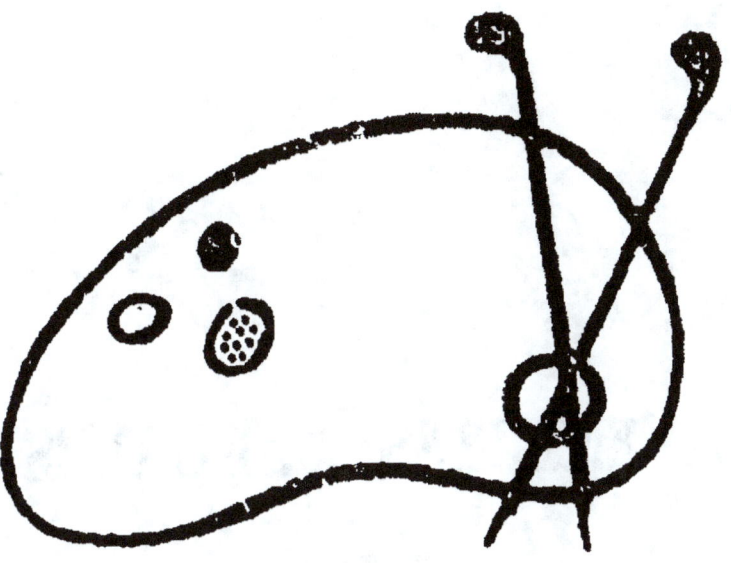

Fin d'une série de documents
en couleur

AVENTURES MARITIMES

———

2ᵉ SÉRIE IN-8ᵒ

AVENTURES
MARITIMES

LA FOLLE DES BRUYÈRES
L'AUBERGE DU CORBEAU-NOIR
LA ROCHE MENGAN

PAR E. PARMENTIN.

LIMOGES
EUGÈNE ARDANT ET Cie, ÉDITEURS.

AVENTURES MARITIMES

LA FOLLE DES BRUYÈRES

CHAPITRE Ier.

Une paire d'amis.

Quel est le touriste qui, voyageant en
Bretagne, n'a pas visité la petite ville
d'Audierne, si pittoresquement située au
bord de la mer. Audierne est par excel-
lence le pays des pêcheurs; c'est de son
port et de celui de Douarnenez que par-
tent à une certaine époque de l'année les
bateaux qui se livrent à la pêche si pro-
ductive de la sardine.

Il y a une vingtaine d'années, Audierne
n'était pas ce qu'il est aujourd'hui. Son
enceinte était très resserrée, et sa popula-

tion se composait presque entièrement
d'anciens marins royaux retirés du service, soit à cause de leur âge, soit à cause
de blessures reçues en défendant la Fran-
ce. Parmi les autorités de l'endroit, il fallait reconnaître en première ligne, d'a-
bord le notaire, maître Morel, qui régis-
sait toutes les petites fortunes à vingt
lieues à la ronde, et ensuite le garde-côte
Lecoq.

Ces deux hommes étaient étrangers au
pays, et ne s'y étaient fixés que depuis
trois ou quatre ans à peine ; ce qui ne les
empêchait pas de posséder la confiance
et l'estime générales. Une amitié sincère
unissait le notaire et le douanier ; et au
grand étonnement des pêcheurs, qui ne
pouvaient comprendre quels liens les rap-
prochaient ainsi, il ne se passait pas un
seul jour sans qu'on les vît ensemble.

Notre qualité d'historien sincère nous
permettant de soulever les voiles du passé,
nous allons en quelques mots expliquer ce
qu'avaient été le notaire et son ami.

Maître Mérel s'était jadis trouvé à la tête d'une des plus florissantes études de la ville de Toulouse. Lecoq était alors son premier clerc. Tout semblait sourire à ces deux hommes, et l'avenir leur tendait les bras.

Cependant un beau matin, sur une dénonciation partie on ne sait d'où, les représentants de l'autorité avaient fait une descente en l'étude de maître Mérel, et ne s'étaient retirés qu'après avoir saisi plusieurs papiers qui compromettaient fort son honorabilité. On découvrit alors que le notaire était, sans le paraître, le plus farouche usurier de la contrée.

Parmi les papiers, se trouvait aussi un testament dont les clauses étaient moins que légales, et qui impliquait dans l'affaire plusieurs personnes notables de Toulouse.

A la suite de ces informations, la justice s'assura de maître Mérel et de son premier clerc. L'affaire eût été portée loin sans les hautes relations du principal ac cusé, et aussi sans le nombre considérable de ses clients. On se contenta d'adresser aux deux hommes de sévères réprimandes, et on enjoignit au notaire d'avoir à vendre son étude dans le plus bref délai, lui interdisant dans le pays l'exercice de ses fonctions.

Mérel dévora silencieusement sa honte et la vint cacher à Audierne, où personne ne le connaissait.

Peu de temps après, le notaire de l'endroit étant venu à mourir, Mérel acheta son étude, et continua à Audierne ce qu'il avait fait à Toulouse. Il avait bien voulu s'adjoindre encore Lecoq, qui l'avait suivi, et avait partagé sa disgrâce; mais ce dernier, dégoûté de ces sortes d'affaires ténébreuses, avait préféré se faire recevoir dans les douanes.

Voilà où en était leur situation réciproque au moment où commence notre récit.

. . . .

Un soir de décembre de l'année 18** la nuit tombait noire et opaque, un épais

brouillard descendait sur la côte et enve-
loppait le ciel et la terre de son ombre
confuse, pendant que la rafale soufflait à
déraciner les maigres sapins qui pous-
saient épars et échevelés sur les falaises
bordant la grève.

Maître Morel, chaudement enveloppé
dans les replis d'une vaste houppelande et
monté sur un vigoureux cheval breton,
revenait de faire un testament dans une
forme à l'intérieur des terres et retournait
à Audierne.

Le notaire chevauchait en fumant phi-
losophiquement sa pipe, sans s'inquiéter
de l'abîme béant à quelques pas de lui. La
route ou plutôt le sentier qu'il suivait dominait les falaises, et un simple écart de
sa monture l'eût précipité dans le vide.
Mais l'homme et le cheval étaient habitués
à ce trajet, et ne faisaient nul cas de ce qui
eût épouvanté tout autre.

La pipe du notaire était, paraît-il, arri-
vée à sa fin, car il en secoua les cendres

sur son ongle, et continua aussi silencieusement son chemin.

Tout-à-coup il releva la tête.

De larges gouttes de pluie vinrent lui mouiller le front.

— Bon, se dit-il, il n'est que temps de me presser, afin d'arriver à Audierne avant l'orage.

Et du talon il pressa son cheval, qui, ainsi stimulé, prit le petit trot. Mais quelque diligence qu'il put faire, il ne put cependant échapper aux atteintes de la pluie, qui se changea bientôt en torrent.

En un instant le sentier fut inondé, et le cheval, qui buttait à chaque pas, prit peur et refusa d'avancer, tout en faisant des écarts à désarçonner son cavalier.

Pour comble de malheur, des éclairs commencèrent à sillonner la nue, et la bête épouvantée partit à fond de train.

Maître Mérel crut sa dernière heure venue...

Il usait, mais en vain, de toute la force de son poignet, et risquait fort d'être précipité du haut des falaises, quand un homme apparut à un coude du sentier.

En entendant le galop désordonné du cheval et les cris du notaire, il comprit qu'il y allait de la vie de ces deux êtres. Il s'élança courageusement au-devant du cheval et le prit par les naseaux.

La bête recula en lançant encore quelques ruades, mais ce fut tout.

L'homme était maître du cheval, qui ne pouvait plus s'arracher à cette vigoureuse étreinte. Le notaire ne perdit pas de temps; en moins d'une minute il fut à terre.

— Merci, fit-il à son libérateur, vous m'avez rendu là un fier service!... Mais, continua-t-il en regardant de plus près le visage du nouveau-venu, je ne me trompe point... c'est Lecoq !

— En effet, maître Mérel, c'est moi, et bien m'en a pris de me trouver sur votre passage, car sans cela vous auriez pu passer un vilain quart d'heure.

— Oui, un mauvais quart d'heure !... répéta le notaire, j'en frissonne encore !

— Où alliez-vous, sans vous comman-
der, maître Mérel ?

— Je me rendais à Audierne, lorsque
mon cheval a pris frayeur, et vous savez
le reste...

—Eh bien ! si j'ai un conseil à vous donner, c'est de venir jusqu'au poste de doua-
ne et d'y passer le reste de la nuit, car
l'orage ne se calmera pas de sitôt...

Pour affirmer la véracité des paroles du
douanier, un violent coup de tonnerre vint
lui couper la parole.

— Oui, allons à votre cabane, je suis
trempé jusqu'aux os, et ne puis continuer
mon chemin.

En disant ces paroles, le notaire prit son
cheval par la bride, et suivi du douanier,
descendit un autre petit sentier qui conduisait à la grève.

—

CHAPITRE II.

Détresse!

La cabane du douanier, bâtie avec les pierres de la grève et couverte de varech, était située sur un quartier de roche formant le plateau où aboutissait le petit sentier.

Après avoir mis le cheval à l'abri derrière la hutte, Lecoq entra dans la cabane, où l'avait précédé le notaire. Il battit le briquet et alluma une petite chandelle de résine qu'il plaça dans une niche façonnée dans la muraille.

— Voilà mon gîte, fit-il ensuite en bourrant sa pipe si peu élégant qu'il soit, il vaut toujours bien le haut des falaises, où le moins qu'on risque est de se casser le cou. Du reste, vous avez été sur le point d'en connaître quelque chose.

— Assez babillé comme cela, interrompit le notaire en imitant Lecoq, — c'est-à-dire en allumant sa pipe, — que dites-vous de votre nouveau métier?

— Mais... répondit nonchalamment Lecoq, il me plaît assez. Cette existence solitaire au bord de l'Océan, sans avoir jamais d'autres compagnons que les mouettes et les goëlands qui viennent planer au-dessus de ma tête, sans entendre jamais d'autre bruit que le mugissement des vagues et les soupirs du vent dans les bruyères, tout cela n'est pas sans charmes et porte l'âme à rêver... Lorsqu'on est seul avec Dieu et la nature, les souvenirs d'autrefois accourent en foule se réveiller en votre esprit. Tenez, maître Mérel, je ne suis jamais plus heureux que quand, par une nuit semblable, je suis à l'abri dans ma pauvre cabane, couché sur ce misérable grabat, et que j'entends la grêle battre sur les galets, le tonnerre ébranler jusqu'aux assises de ma chaumière... Oh! alors, je vous le répète, je suis heureux, car, voyez-vous, pour moi la richesse n'est point toujours le bonheur!

Mérel écoutait en souriant dédaigneuse-
ment la tirade de son ancien clerc.

— Vous êtes poétique, Lecoq, fit-il.
Chacun son goût! Moi je préfère une maison chaude et confortable à tous les châ-
teaux tremblants du monde. Tant qu'à la
solitude, chimère! Je ne m'ennuie jamais
tant que quand je suis seul! Heureuse-
ment que je ne le suis point souvent! Ce
disant, le notaire saisit une gourde qu'il
portait suspendue à son côté par un cordon
de cuir.

— Voilà ma compagne habituelle, continua-t-il, j'avais raison de dire que je ne
suis pas souvent seul. En voulez-vous?

— Volontiers.

Mérel tendit la gourde au douanier, qui
l'accepta sans cérémonie.

Le liquide avait considérablement di-
minué quand il rendit la gourde à son propriétaire.

Les deux hommes continuaient à causer en bourrant une autre pipe, quand, au
milieu des sanglots du vent et des éclats

de la foudre, Lecoq crut entendre un coup de canon.

Il prêta attentivement l'oreille, et une seconde explosion suivit de près la première.

— C'est le canon de détresse!... s'écria-t-il, un navire se perd sur les brisants.

Mérel se leva brusquement.

—Que voulez-vous y faire? demanda-t-il.

— Lui porter secours, si cela est possible, répondit le douanier, et tâcher au moins de sauver un ou deux de ces infortunés.

— Allons, Lecoq, ricana le notaire, redevenons homme! Vous n'allez pas aller vous exposer inutilement.

— Allons toujours sur les roches, repartit le douanier, et là nous verrons ce que nous avons à faire.

Puis il plaça la chandelle dans un petit falot et sortit.

A peine étaient-ils arrivés sur la grève, que le vent éteignit la lanterne, et les deux hommes restèrent dans l'obscurité.

Les yeux perçants du douanier avaient cru apercevoir au loin deux embarcations chargées de monde, et emportées par les lames, pendant que plus près d'eux un navire tout désemparé venait avec violence se briser sur les rochers.

Le temps était affreux, les lames s'élevaient à la hauteur du navire, poussée par la rafale, qui soufflait avec furie dans les lambeaux de sa voilure. Un horrible craquement se fit entendre, le navire resta immobile. Il avait touché sur un fond de roches.

Lecoq et son compagnon, malgré la pluie qui leur battait le visage, malgré la violence de l'ouragan, étaient restés témoins muets de cette scène de désolation.

Ce fut le notaire qui, le premier, revint à lui.

— Vous voyez, Lecoq, fit-il, qu'il n'y a

plus rien à faire, ces malheureux doivent
être tous noyés!

— En effet, ils ont pris les canots qui
sont impuissants à lutter contre la mer,
et Dieu seul sait ce qu'ils sont devenus
maintenant!

— Nous n'avons plus rien à faire ici, ob-
jecta le notaire, rentrons.

— Un instant!... peut-être reste-t-il encore quelqu'un à bord; prenons mon embarcation, et essayons d'aller au navire
avant que les lames ne l'aient complètement démoli.

— A quoi bon?... Votre petit canot sera
chaviré en moins d'une minute, et nous
ferons deux victimes de plus!

— Comme vous voudrez, maître Mérel,
j'irai seul!... Aidez-moi seulement à mettre mon embarcation à flot.

— C'est une folie que vous allez commettre; mais enfin, vous m'avez sauvé la
vie, je ne vous laisserai pas vous exposer
tout seul!

A l'abri dans un renfoncement de rocher, se trouvait un petit canot solide et léger. Lecoq s'en servait à ses moments perdus pour aller à la pêche dans les environs de la côte.

Les deux hommes le prirent par les bordages et le firent glisser sur les galets.

Lorsqu'il fut à flot, Lecoq y fit monter le notaire le premier, le poussa du bord, et y sauta d'un bond.

— Aux avirons, maître Mérel, cria-t-il; nagez vigoureusement pendant que je vais pousser au large!

Le notaire saisit les avirons en même temps que le douanier prenait une gaffe et s'efforçait de quitter le bord en naviguant à *pousse-cailloux* (1). Ce fut une lutte étrange entre le frêle esquif et la mer démontée.

La première lame qui frappa l'embarcation par le travers la rejeta sur la grève.

(1) On nomme naviguer à pousse-cailloux avancer en poussant du fond avec une gaffe.

Les deux hommes ne se découragèrent pas, et la repoussèrent au large. Vingt fois la même tentative fut renouvelée, vingt fois l'Océan les rejeta hors de son lit !

Cependant, à force d'efforts, l'embarcation put s'éloigner de la grève, et commença alors à danser comme une mouette sur la crète des lames, qui à chaque instant assaillaient les deux hommes et remplissaient le canot.

Enfin, après trois quarts d'heure de lutte incessante, ils parvinrent à arriver sous l'avant du navire naufragé. Mérel réussit à saisir un bout de câblot qui s'échappait des écubiers et y *amarra* solidement la *bosse* (1) de leur embarcation.

Lecoq, se cramponnant à la sous-barbe du beaupré, se hissa péniblement sur le pont et aida son compagnon à en faire de même.

(1) Amarre.

CHAPITRE III.

La cabine de la Stella.

Une fois sur le pont, Mérol battit le briquet et ralluma la lanterne qui s'était éteinte sur la grève. A l'aide de cette lumière, ils regardèrent sur le pont, et n'y aperçurent aucun être humain.

— La mer n'a pas encore envahi l'entrepont, fit le douanier, descendons.

Ils descendirent dans le poste des matelots, qui était vide. Les planches tremblaient sous leurs pieds, et ils avaient de l'eau jusqu'à la cheville.

— Rien !... exclama Lecoq, passons à l'arrière.

Ils remontèrent sur le pont.

En passant près des panneaux de la cale, ils virent que la mer les avait enlevés. Lecoq se baissa et prêta attentivement l'oreille.

L'on entendit un grondement sourd et

sinistre, qui sortait des profondeurs de l'entrepont.

C'était la mer qui annonçait ses envahissements progressifs par cette menaçante rumeur, et qui ne ruait d'étage en étage.

Les bordages craquaient, et tout faisait pressentir que le navire ne résisterait pas longtemps aux furieuses attaques de la mer.

A chaque lame qui venait le frapper par le travers, le navire se soulevait et retombait ensuite avec fracas sur les pointes de rochers qui lui déchiraient les flancs.

Lecoq se releva.

— La mer monte toujours, reprit-il, bientôt elle aura atteint les cabines, il ne faut pas se risquer à rester longtemps ici.

Les écoutilles étaient ouvertes; ils descendirent dans la cabine du capitaine, où l'eau n'avait point encore fait invasion.

De même que le poste, elle était déserte !

— Je ne me suis pas trompé, murmura Lecoq après quelques instants de silence, ils ont abandonné le navire.

Pendant ce temps, Mérel avait passé un rapide examen de l'ameublement. Il entr'ouvrit plusieurs armoires pratiquées dans les flancs du navire, et y trouva du tabac étranger et des liqueurs.

Sans se gêner, il bourra ses poches de paquets de tabac, et s'approcha du bureau du capitaine, sur lequel se trouvaient encore des registres ouverts. Il feuilleta et constata que le navire naufragé jaugeait six cents tonneaux, était monté par quinze hommes d'équipage, s'appelait la *Stella*, capitaine Lesteven, et venait de Bilbao avec un chargement de vins à destination de Brest.

— Voyons ailleurs, fit Lecoq, nous n'avons pas de temps à perdre en niaiseries!

Mérel referma violemment le registre, qui en frappant le pupitre fit rendre à celui-ci un son métallique.

Lecoq se retourna brusquement; il était pâle et tremblait.

Les deux hommes se regardèrent.

Ils s'étaient compris en ce regard. La même idée avait germé à la fois dans leurs deux cerveaux, car tous deux s'approchèrent en même temps du pupitre.

— Allons, s'écria Mérel, le sort en est jeté, c'est le démon qui me tente! Il frappa sur le meuble pour s'assurer qu'il ne s'était pas trompé.

Le son fut le même.

Lecoq tira alors un couteau de sa poche et en introduisit la lame dans la serrure.

La lame se rompit sous une vigoureuse pesée.

— Malédiction! rugit Mérel, comment en venir à bout maintenant?

Le douanier ne répondit pas. Il s'élança sur le pont avec l'agilité d'un chat et redescendit presque aussitôt.

Il tenait à la main une solide barre de cabestan.

— Voilà la clef, fit-il.

Il recula de deux pas et lança ce bélier improvisé contre le bureau.

Le bois craqua, mais ne céda pas...

— Courage ! dit Mérel, il sera à nous !

Lecoq frappa de nouveau. Cette fois le meuble vola en éclats... Les deux hommes poussèrent un cri de triomphe

Ils avaient vu briller l'or !

Ils coururent tous deux au tiroir et y plongèrent les mains. Le tiroir chavira, et une grande quantité de pièces d'or s'éparpillèrent sur le plancher de la cabine.

Au-dessous d'eux, on entendait le clapotement de l'eau qui montait toujours.

— Part à deux ! s'écria Mérel.

— Nous verrons, répondit laconiquement le douanier.

— Part à deux !... ou je te tue comme un chien.

Et Mérel tira un pistolet des poches de sa houppelande, et le posa sur le front de Lecoq.

Lecoq recula et saisit sa barre de cabestan.

— Fais un peu, dit-il froidement, et je te casse les reins.

La passion de l'or chez ces deux hommes les avait rendus semblables à des bêtes féroces.

Le notaire voulut tirer, mais la charge avait été mouillée par les lames et la pluie, le coup ne partit pas.

Lecoq s'élança sur lui, et après une courte lutte le renversa et lui mit le genou sur la poitrine.

— Je te tiens sous moi, lui dit-il, je puis te casser la tête, mais j'ai pitié, non de toi, mais de ta femme et de tes enfants, relève-toi. Je te donnerai ce que je jugerai convenable !

Le notaire se releva, et lançant à son complice un regard chargé de haine, se mit à ramasser les pièces d'or pour les reverser ensuite dans un sac que lui tendait Lecoq.

La mer en ce moment fit invasion dans la cabine.

— Filons, fit Mérel, si nous ne voulons rester ici pour de bon !

— Un instant, répondit le douanier; n'y aurait-il point d'autre argent ici ?

Et ses yeux s'allumèrent de convoitise.

La première trouvaille l'avait mis en goût.

En effet, il trouva encore dans un autre tiroir dix rouleaux de mille francs.

Cette nouvelle somme alla rejoindre la première.

— En haut ! cria Lecoq.

Ils s'élancèrent en avant, ils avaient déjà de l'eau jusqu'à la ceinture.

Quand ils furent sur le pont, ils crurent entendre des gémissements étouffés partant de l'intérieur du navire.

— Il reste quelqu'un à bord ! fit le notaire.

Lecoq l'entraîna jusqu'aux écoutilles.

— Tenez, s'écria-t-il en lui montrant l'escalier déjà envahi par la mer, s'il y a quelqu'un de vivant à bord, ce n'est pas toujours celui-là qui pourra nous dénoncer !

Ils descendirent dans leur canot. La mer commençait un peu à se calmer, le vent diminuait, la pluie avait cessé.

A peine étaient-ils éloignés de quelques brassées du brick, qu'une forme humaine se dressa sur le pont.

— Au secours !... au secours !... s'écria-t-elle.

Mais le vent emporta ses paroles.

Les deux scélérats ne pouvaient l'entendre; mais l'eussent-ils entendue, qu'ils ne fussent pas retournés à bord du brick.

Après mille fatigues, ils arrivèrent enfin à la grève et traînèrent le canot à sa place habituelle.

Puis ils reprirent tous deux le chemin de la cahute.

CHAPITRE IV.

Infamies sur infamies!

En traversant les falaises, le notaire réfléchit qu'une simple poussée suffirait pour jeter en bas son complice et se débarrasser ainsi du seul témoin de son infamie.

Mais qui se ressemble s'assemble, dit un proverbe.

Lecoq se défiait du notaire et le fit passer devant lui. Il avait peut-être raison. Ils arrivèrent enfin à la cabane.

Après en avoir soigneusement fermé la porte vermoulue, Lecoq, qui portait le sac d'or, en vida silencieusement le contenu sur le sol.

— Comptons, fit-il en plaçant sa carabine à sa portée.

Mérel lui jeta en-dessous un regard sournois, et se mit fiévreusement à compter les piles d'or qui s'étageaient entre ses mains habiles.

Pendant vingt minutes on n'entendit dans cette misérable masure que le tintement de l'or, qui passait de main en main.

— Vingt mille francs, fit le notaire.

— Dix mille, repartit laconiquement le douanier, cela fait trente mille.

— Pardon! interrompit vivement Mérel, cela fait quarante mille; vous avez en plus dix rouleaux de mille francs.

— Et s'il me plaît à moi de les garder?.. N'est-ce pas moi qui vous ai fourni les moyens de vous procurer cet argent?... Sans moi vous ne l'auriez pas eu... N'est-ce pas sur ma barque que nous sommes allés au navire?... Croyez-moi, prenez quinze mille francs et taisez-vous.

— Vous n'êtes pas loyal, Lecoq; à votre place, j'eusse agi tout autrement.

— En ne partageant point, n'est-ce pas? ricana le douanier. On la connaît, votre probité, maître Mérel.

— Finissons-en, dit le notaire après

avoir compté la somme qui lui était destinée, il faut que je me retire, l'orage a
cessé.

— Partez si vous le voulez, fit Lecoq,
qui était occupé à creuser un immense
trou dans le sol de sa cabane, je ne vous
retiens pas.

— Adieu, Lecoq, je reviendrai vous
voir!

Le notaire tendit la main au douanier,
qui la serra avec effusion.

Le nuage était passé.

Le notaire sortit et se dirigea vers le
derrière de la cabane pour y chercher
son cheval. Tout-à-coup il rentra précipitamment.

— Lecoq! s'écria-t-il d'une voix étranglée.

— Qu'y a-t-il?... demanda ce dernier en
se retournant. Quel revenez-y vous prend?

Pour toute réponse, le notaire lui prit le
bras, et l'entraîna vers la porte.

— Regardez là! murmura-t-il.

Et du doigt il désignait une forme blancho qui s'avançait péniblement sur la grève.

— Plus de doute, répondit Lecoq, ceci nous explique probablement les gémissements que nous avons entendus à bord du brick.

— Ah! quelle que soit cette ombre, rugit Mérel, qui avait repris son sang-froid, elle ne m'échappera pas.

Il saisit le fusil du douanier, épaula, et visa l'apparition, qui s'avançait toujours de leur côté.

— Ne tirez pas !... supplia le douanier; au nom du ciel !... ne tirez pas !...

Une détonation se fit entendre, un grand cri y répondit, et la forme blanche chancela et s'affaissa sur les galets.

— Beau coup !... murmura Mérel en posant tranquillement la crosse du fusil contre le roc; j'avoue que j'avais grand'peur de brûler ma poudre aux moineaux.

— Vous avez eu tort, maître Mérel, cela nous portera malheur !

— Superstitions! repartit Mérel; un ha-

bile homme ne peut jamais être malheureux!

— Il faut enlever ce cadavre, ajouta Lecoq, qui tremblait de tous ses membres.

— La marée montante se chargera pour
nous de cette besogne, répondit froidement le notaire.

Puis, jetant les yeux sur les récifs, il
n'aperçut plus le navire.

— Tenez, Lecoq, fit-il en frappant sur
l'épaule de ce dernier, regardez.

— Le navire a disparu.....

— Oui, le navire a disparu!... et le dernier survivant, que je viens de tuer, était
sans doute évanoui dans quelque cabine,
et aura été jeté par la mer sur le rivage.

Lecoq était atterré, non qu'il ne fût
pas satisfait de se procurer un bénéfice dés-
honnête, mais il était lâche et tremblait
pour l'avenir.

Mérel voulut partir, le douanier le re-
tint.

— Restez jusqu'au jour, je vous en sup-

plie, balbutia-t-il, j'aurais trop peur seul...
ici !

— Pour de quoi ?... ricana le notaire.

— Du spectre !... répondit Lecoq en
frissonnant.

— Et cela s'appelle un homme !... fit
Mérel avec dédain.

Ils rentrèrent dans la cabane, où le notaire resta tenir compagnie au douanier
jusqu'au point du jour.

Quand il sortit pour regagner Audierne,
la mer était complètement haute, les épaves flottaient de tous cotés, mais on n'a-
percevait aucunes traces de cadavre.

CHAPITRE V.

Le Spectre.

Il faisait déjà grand jour. Comme toujours, après de violentes tempêtes la mer
s'était complètement calmée et poussait
doucement à la côte des épaves de toute

sorte provenant des débris du brick naufragé.

Un pâle soleil de décembre montrait un
coin de son rouge disque derrière les som-
bres bois de sapins qui bornaient la vue
du côté d'Audierne.

Un froid piquant, ramené par la brume
du matin, se faisait sentir.

Deux cultivateurs, traversant les bruyères des falaises pour se rendre à leurs tra-
vaux journaliers, aperçurent devant eux
une femme évanouie tenant un enfant dans
ses bras.

Ils s'approchèrent aussitôt avec l'intention de lui porter secours.

— Cette femme est morte, dit l'un, sa
robe est tachée de sang.

— Un meurtre ! s'écria l'autre. Ne tou-
chons pas à ce cadavre, ma fine... et retournons à Audierne chercher du monde.

A peine avaient-ils prononcé ces paroles, que la femme poussa un faible gémis-
sement.

Malgré leur superstition, nos deux Bretons s'empressèrent auprès d'elle.

Ils desserrèrent avec peine ses bras, qui pressaient fortement l'enfant sur sa poitrine.

— C'est l' marmot qu'est mort, fit le premier, une balle lui *ont* traversé la tête, et c'étiont le sang de l'enfant *qu'est* répandu sur les *hardes* de cette malheureuse.

— Transportons-les à la ferme de Carion, *qu'est* la plus près d'ici.

Le premier prit la femme dans ses bras avec autant de facilité que s'il eût remué une plume, et se mit à marcher, suivi de son compagnon, qui portait le pauvre petit être.

— C'est égal, fit le second, t'aurais beau m' dire ce qu' tu voudrais, v'là une mauvaise rencontre pour le commencement de la journée.

— Ah ! bien oui ! comme dit mossieu le recteur, faut jamais regretter d'obliger son prochain ; le bon Dieu nous rendra ça plus tard.

— Pauvre dame!... Elle étiont aussi pâlotte qu'un morceau de cire! Et ses hardés dégouttent encore d'eau de mer. Probable qu' c'est une naufragée du navire de la nuit dernière!...

— Oui, repartit l'autre, et *queuque* mauvais chenapan lui aura tiré un coup d'escopette. Peut-être *qu'é* portait d' l'argent *sus* elle.

— J' crois pas!

— Qué qu' ça peut nous faire qu'y ait un crime !... C'étiont à la justice et non pas à nous de rechercher le meurtrier.

Et ils continuèrent leur marche jusqu'à la ferme dont ils avaient parlé.

Malgré l'heure matinale, Carion le fermier se disposait à aller aux champs, quand le lugubre cortége fit son entrée dans la cour de la ferme.

— Jésus mon Dieu! fit-il en accourant au-devant des paysans, que m'apportez-vous là!

— Vite un lit, Carion. V'là une brave dame que nous avons trouvée en danger dans la bruyère.

— Mais elle est morte?...

— Non pas, l' sang qu' vous voyez là, c'est pas l' sien, c'est celui de l'enfant ! La pauvre créature est trépassée !

— Dieu ait son âme ! reprit Carion en se signant.

Et le bon fermier bouleversa en entier sa maison afin de se mettre promptement en état de secourir la pauvre femme.

Bientôt elle fut installée dans un vaste lit clos, par les soins de la femme de Carion, Marie-Yvonne, qui, secondant généreusement son mari, fit son possible pour ramener à la vie la malheureuse inconnue.

L'enfant avait été déposé dans un autre lit, mais au premier examen, on avait reconnu tous soins inutiles ; il y avait longtemps que le dernier souffle s'était échappé de sa poitrine, et que le pauvre petit ange s'était envolé vers Dieu pour grossir la troupe immortel e des bienheureux qui sur leurs harpes d'or chantent éternellement les louanges du divin Créateur.

La femme semblait toujours inanimée. Elle pouvait avoir de vingt à vingt-deux ans... Elle était belle comme une madone de Raphaël; ses traits d'albâtre se confondaient avec la blancheur immaculée des draps, et étaient merveilleusement encadrés par de longues tresses d'une chevelure d'un noir d'ébène, qui lui retombaient en cascades ruisselantes sur les épaules nues.

Ses mains blanches et mignonnes pendaient inertes des deux côtés du lit, et le sang semblait s'être retiré de ses bras plus froids que le marbre.

Un léger souffle entr'ouvrit ses lèvres décolorées, elle murmura un nom que Marie-Yvonne ne put saisir.

— Pauvre femme! dit-elle, elle appelle sans doute son enfant et son époux. Ah! Dieu soit loué!... continua-t-elle en voyant

entrer un personnage scrupuleusement
vêtu de noir, voici m'sieu le docteur!

C'était en effet le médecin d'Audierne,
que maître Carion s'était empressé de
faire quérir.

Comme il arrive toujours en pareil cas,
le docteur et le fermier étaient suivis de
tous les serviteurs de la ferme; les femmes n'étaient pas en minorité, et les ver-
sions allaient leur train.

Le docteur s'approcha du lit.

— C'est là la malade dont Carion m'a
parlé ? demanda-t-il.

— *Ouais*, m'sieur le docteur, répondit
ce dernier, qui s'approcha aussitôt.

— Renvoyez-moi tout ce monde-là à
l'ouvrage, continua le docteur en dési-
gnant les garçons et servantes de ferme,
Marie-Yvonne suffira à m'aider dans les
soins que je vais donner.

Le brave Carion exécuta l'ordre du docteur. Tout le monde s'en alla en mau-
gréant, et l'officier de santé resta seul avec
Carion et sa femme.

Sans rien dire, il se pencha et appliqua son oreille sur le cœur de la malade.

— Tout espoir n'est pas perdu! murmura-t-il après quelques instants de silence; elle reviendra, mais il faudra de grands soins.

— Nous n'épargnerons rien, m'sieu le docteur, dit Marie-Yvonne, pour avoir le bonheur de contribuer à son rétablissement.

Le médecin tira sa trousse de sa poche, saisit un des bras de l'inconnue, et pria Marie-Yvonne de le tenir horizontalement.

Puis prenant une petite lancette qu'il essuya soigneusement dans un morceau d'amadou, il rajusta ses lunettes, posa la lancette sur une des veines du bras, et lui imprima un coup sec.

Le sang jaillit avec abondance...

Le médecin respira bruyamment.

— Elle est sauvée! fit-il, il ne s'agit maintenant que d'arrêter le sang.

Il établit sur le bras de l'amadou, comprima avec une solide bande de linge à pansements, et se frotta les mains avec satisfaction.

La malade, malgré cela, était toujours évanouie. Le docteur prit dans sa poche un petit flacon d'éther et le lui passa à plusieurs reprises sous le nez.

Au bout de quelques instants elle s'agita faiblement et ouvrit les yeux; son regard se porta avec étonnement sur tous les objets qui l'environnaient.

— Où suis-je?... demanda-t-elle d'une voix faible.

Marie-Yvonne se précipita vers elle.

— ·N'ayez aucun sujet de crainte, mon enfant, dit le docteur. Vous êtes chez de braves gens qui prendront grand soin de vous. Mais je vous défends de parler, cela vous affaiblirait davantage.

La malade remercia d'un geste et parut plus tranquille.

— Venez, m'sieu l' docteur, fit tout bas Carion en le tirant par la manche.

Ils passèrent dans la salle voisine, où se trouvait le cadavre de l'enfant.

Le docteur s'approcha et visita la blessure.

— Eh bien ! m'sieu l' docteur, vot' avis sur la mort de cet enfant ?...

— Mon avis... fit sentencieusement le docteur, est que la mort, déterminée par l'introduction d'une balle dans le cerveau, remonte au moins à six heures. Mais où avez-vous recueilli ce cadavre et le corps de cette femme ?

— C'est pas moi, m'sieu l' docteur, *c'est* deux voisins !

Et Carion lui raconta brièvement de quelle manière on les avait transportés à la ferme.

Lorsqu'il eut fini, le docteur reprit :

— Je comprends, maintenant. Cette femme et cet enfant devaient être à bord de ce navire qui est venu à la côte la nuit dernière. Je m'étonne que maître Mérel, qui, forcé par l'orage de chercher asile en la cabane du garde-côte, nous a raconté l'affaire, ne nous ait pas parlé de cette femme ! Il ne l'aura sans doute pas apercue... Du reste, il est plus que probable que nous aurons des éclaircissements par la malade elle-même, qui va maintenant beaucoup mieux. Je vais faire ma déclaration et prévenir la justice à mon retour à Audierne.

Le docteur passait déjà le seuil de la porte, quand tout-à-coup des cris déchirants se firent entendre. Il rebroussa chemin et rentra précipitamment dans la chambre où se trouvait la malade.

Un spectacle douloureux s'offrit alors à ses regards.

L'inconnue se débattait entre les bras de Marie-Yvonne, qui s'efforçait de la retenir.

— Mon enfant !... s'écriait-elle d'une voix étranglée, je veux le voir... qu'avez vous fait de mon enfant ?...

Et, de ses mains délicates, elle secouait avec violence les poignets de Marie-Yvonne.

— Calmez-vous, ma petite dame, répétait cette dernière, nous vous le rendrons !

—Non, vous ne me le rendrez pas!... Je me souviens maintenant... c'était sur la grève... un éclair brilla... mes bras furent teints de sang... je tombai... et maintenant pourquoi suis-je seule?... Pourquoi mon enfant n'est-il pas dans mes bras?... Pourquoi l'avez-vous laissé sur la grève servir de pâture aux corbeaux, au lieu de me le rapporter?... Mais je le retrouverai, je le jure!...

Et la pauvre femme tomba de sa surexcitation dans un état d'anéantissement imposible à décrire.

Les assistants contemplaient en silence cette scène de poignante douleur, le docteur ouvrait déjà la bouche pour apporter à la malheureuse quelques mots de consolation, lorsque, soudain, se dressant tout debout sur son lit, elle sauta à terre, et s'élançant vers la porte que le docteur avait laissée ouverte, elle passa sans le voir à côté du cadavre de son enfant, et disparut dans les bruyères en répétant toujours:

— Mon enfant!!!... Je veux revoir mon enfant!...

Le docteur et Carion s'élançaient après elle, mais ils interrogèrent vainement l'horizon, la pauvre femme avait disparu.

— C'est un bien grand malheur, fit avec désespoir le brave médecin.

Elle est folle!...

CHAPITRE VI.

Justice de Dieu.

Dès son retour à Audierne, maître Mérel n'avait rien eu de plus pressé que d'avertir le commissaire de l'inscription maritime de ce qui s'était passé, en omettant toutefois ce qui les concernait principalement, le garde-côte et lui. Du reste, il n'eut pas de peine à persuader que tout s'était passé comme il le racontait.

Aucun naufragé n'avait été retrouvé, et l'on n'avait recueilli que des épaves.

Le commissaire de l'inscription dépêcha immédiatement sur le lieu du sinistre tous les bras dont il pouvait disposer, afin de sauver, s'il était possible, une partie de la cargaison, qui venait échouer avec la marée ou qui *drivait* (dérivait) au large, entraînée par le courant.

Les braves travailleurs, armés de longues gaffes, passèrent leur journée sur la grève, et au large dans les bateaux. Ils étaient placés sous la surveillance immédiate de Lecoq, qui, pâle et brisé par une nuit d'insomnie et de remords peut-être, passa sa journée sur un quartier de rocher à regarder tristement la pleine mer.

Décidément le garde-côte n'était point de la même trempe que maître Mérel, et son expédition de la nuit précédente lui revenait fréquemment à l'esprit et n'était point propre à raffermir son courage.

La nuit vint, et les travailleurs lui montrèrent avec un juste orgueil des tas de barriques amoncelées sur la grève, près d'un monceau de débris de bordages et de gréement.

Lecoq resta seul. Il jeta un regard désespéré autour de lui, et reprit le chemin de sa cabane.

Là, il prit une pioche déposée dans un coin, et se mit fiévreusement à fouiller le sable.

Un frémissement convulsif agitait tout son corps. Il plongea ses bras dans la fosse et en retira de l'or qu'il jeta devant lui.

— Le voilà donc, murmura-t-il, ce misérable métal qui m'a rendu complice d'une infamie !... cet or... pour qui j'ai sacrifié le peu qui me restait d'honneur !... O toi, sombre spectre qui me poursuis sans relâche... toi, que je voyais encore aujourd'hui sur la grève à la même place où tu fus frappé..... ton or... reprends-le... et emporte-le avec toi jusqu'au fond des abîmes... et rends-moi le repos !... Mais tu es sourd à ma voix... les vagues t'ont emporté avec elles... Mérel savait

trop bien où il devait frapper!!!... Mérel!... il sera donc toujours sur mon chemin, ce mauvais génie... qui jadis me fit
commettre ma première bassesse et qui...
de faussaire m'a fait devenir... assassin!

Le douanier repoussa l'or éparpillé à
ses pieds au fond du trou, et le remplit
de sable.

Puis il toucha à peine à un maigre dî-
ner et se jeta sur son lit. Il alluma une
pipe, et se plongeant encore plus profondément dans ses tristes souvenirs, il laissa
retomber sa tête dans ses deux mains.

— Seul!... reprit-il, seul!... avec cet
éternel remords qui ne s'éteindra qu'avec
ma vie!... O fatale nuit!... mon existence
brisée... mon honneur flétri... voilà ce que
je te dois!... Il me faudra maintenant
courber la tête sans jamais oser la relever!... ma première faute fut un acte irré-
fléchi... l'amour de l'or causa mon premier
crime!... Ah! Mérel!... heureux si tu ne
connais pas le remords... heureux si, comme au mien, un spectre n'est pas assis à

3

ton chevet... si son regard de feu ne cherche pas à lire au fond de ton âme... et si sa voix stridente ne te jette pas ces deux mots à la face : Assassin !... sois maudit !...

Le douanier, brisé par ces émotions diverses, se pencha davantage sur sa couche de varech, jusqu'à ce qu'un sommeil agité vint clore ses paupières.

. . . .

Il y avait longtemps que le sommeil s'était emparé du douanier, quand la porte s'ouvrit avec précaution pour livrer passage à un homme enveloppé dans un épais manteau, et la tête recouverte d'un large feutre breton qui lui dérobait une partie du visage.

Après avoir refermé la porte aussi soigneusement qu'il l'avait ouverte, l'inconnu alluma une lanterne sourde qu'il tenait à la main, et en projeta la lueur autour de lui.

Un sourire de satisfaction vint lui plisser les lèvres, quand il vit que Lecoq dormait.

Quel était donc cet homme qui, à pareille heure, pénétrait sans façon dans la cabane du douanier?...

C'était maître Mérel, qui avait senti le besoin dévorant de revoir son complice.

— Tu dors, Lecoq, fit-il en s'avançant vers le lit; soit, je ne troublerai point ton sommeil, j'attendrai.

Et le notaire s'assit sur un quartier de roche, près du lit du douanier.

Son regard se porta machinalement sur le sol. Il vit que le sable était fraîchement remué.

Une idée infernale lui traversa l'esprit.

— Ah! Lecoq, pensa-t-il, tu n'as pas voulu partager intégralement avec moi; eh bien! tant pis, je prendrai tout!...

Et tirant un pistolet de sa poche, il en visita l'amorce.

— La charge de celui-ci, continua-t-il avec satisfaction, n'a pas été détrempée par l'eau de mer.

Il s'approcha plus près du douanier et lui appliqua résolûment le canon du pistolet à un millimètre de la tempe.

Tout-à-coup il releva l'arme, et la posa à terre.

— En bonne politique, raisonna-t-il, on ne doit jamais agir qu'à la dernière extrémité! L'idiot!... il d'ort d'un sommeil de plomb... peut-être ne m'entendra-t-il pas.

Il aperçut dans un coin la pioche du douanier, la saisit et se débarrassa de son manteau.

— A moi tout l'or!... fit-il.

Et silencieusement il commença à creuser le sable, qui se déplaça facilement sous la pioche.

Bientôt l'or luit à ses yeux comme il avait lui à ceux du douanier.

Sans perdre de temps à contempler cette fortune, il se prépara à l'enlever.

Mais à peine avait-il retiré deux poignées d'or, qu'une main d'acier se posa sur son épaule pendant qu'une voix s'écriait railleusement:

— Que faites-vous là ? maître Mérel.

Ce que les paroles de Mérel, le bruit de ses pas, et des coups de pioche n'avaient pu faire, le tintement de l'or l'avait fait.

Les pièces s'entrechoquant entre elles avaient réveillé le douanier.

A cette question : — Que faites-vous là ? — le notaire ne perdit pas son sang-froid.

Il allongea la main, saisit son pistolet et se retourna.

Le douanier le regardait toujours froidement, les bras croisés sur la poitrine.

— Que faites-vous là ? répéta-t-il encore.

— Rien... répondit Mérel.

Et avançant le bras, il fit feu.

Le douanier tournoya sur lui-même, et tomba comme une masse, en murmurant d'une voix éteinte ces quelques mots :

— Mon Dieu !... ayez pitié de moi !...

La balle avait frappé au cœur. Il était mort...

Mérel ramassa précipitamment tout ce que la fosse contenait d'or, en chargea les

poches de son manteau, et sortit sans dai-
gner honorer d'un dernier regard celui qui
avait été son complice et son ami avant
d'être sa victime!

Il remonta par le petit sentier que nous
connaissons déjà ; cette fois il n'avait pas
son cheval.

Il longeait les falaises pour retourner à
Audierne, et le misérable marchait d'un
bon pas sans paraître regretter le crime
infâme qu'il avait commis.

— Je serai encore riche, répétait-il, et
personne ne connaîtra la source de ma fortune!

La nuit était belle et sereine. La lune
qui brillait au ciel éclairait splendidement
les magnifiques falaises, et se reflétait dans
une mer calme comme de l'huile ; les étoi-
les qui scintillaient autour d'elle étaient
plus nombreuses que les grains de sable du
rivage.

Le notaire marchait toujours.

Tout-à-coup il s'arrêta.

Etait-ce un songe ou une réalité?... Il

lui semblait apercevoir, à l'extrémité de la lande, une forme blanche qui s'avançait vers lui.

Une sueur glacée lui perlait au front; ses genoux fléchissaient sous lui, et refusaient de le porter.

L'apparition avançait toujours.

— Ah! fit avec terreur le misérable, c'est sans doute le spectre qui faisait tant de peur à Lecoq, mais spectre ou non... je saurai quel il est!...

Et il s'avança résolûment au-devant de l'apparition.

Il était arrivé à un endroit des falaises où le sentier était tellement étroit que deux personnes ne pouvaient y passer de front.

Devant le notaire, c'était le chemin d'Audierne et l'apparition; derrière, c'était l'abîme et les vagues qui venaient en battre le pied.

L'homme et le spectre se touchaient presque.

Mérel lui saisit la main.

Cette main était froide et glacée.

— Qui es-tu ?... demanda-t-il.

— Mon enfant ! s'écria le spectre d'une voix sourde; qu'avez-vous fait de mon enfant ?...

Saisi de frayeur, Mérel recula en lui lâchant la main.

— Mon enfant !... répéta le spectre en avançant toujours.

Les cheveux du notaire se hérissaient sur sa tête, il recula encore, mais cette fois son pied ne rencontra que le vide.

— Mon enfant !... disait toujours le spectre.

— Grâce ! supplia Mérel, qui perdit l'équilibre et retomba en arrière.

Son corps rebondit de roche en roche, et alla rouler sur la grève, à quelques mètres de la cabane du douanier.

Penchée sur l'abîme, la pauvre folle, car c'était elle, le regarda tomber, puis elle poussa un éclat de rire sauvage, et disparut en répétant toujours:

— Mon enfant!... qu'avez-vous fait de mon enfant?...

. . . .

Les flots emportèrent le cadavre de Mérel, son sort devint un mystère, car la mer ne rendit pas sa proie.

L'étonnement fut général lorsque, deux jours après, on trouva le cadavre du douanier entre une fosse ouverte et un pistolet déchargé. Le médecin jugea que la mort était le résultat d'un suicide, comme semblait le prouver l'arme trouvée près du cadavre.

Mais la fosse?...

Enigme!... énigme!...

L'affaire ne fut pas poussée plus loin.

La pauvre folle continua à errer pendant longtemps dans les bruyères, en répétant invariablement sa même demande:

— Mon enfant!... qu'avez-vous fait de mon enfant?...

Un jour pourtant, des paysans qui avaient soin d'elle la trouvèrent inanimée dans la lande, près de la côte.

Dieu, pensant que la pauvre femme avait assez souffert sur notre terre d'expiation et de douleurs, l'avait rappelée à lui pour la joindre à son enfant, qu'elle avait si longtemps et si inutilement cherché.

Les paysans bretons ont gardé d'elle un pieux souvenir, et c'est avec une grande vénération et un profond respect que, dans les longues veillées, ils parlent de la Folle des Bruyères.

L'AUBERGE DU CORBEAU-NOIR

CHAPITRE Iᵉʳ.

L'auberge du Corbeau-Noir.

C'était un sombre soir de février; la bise de mer soufflait glaciale, confondant son sifflement avec les sanglots des lames qui venaient sourdement battre le rivage; les goëlands et les mouettes, chassés de leurs retraites, faisaient entendre leurs notes aiguës, et tourbillonnaient avec la rafale au-dessus du sable de la grève.

Les grands ormeaux et les sapins s'inclinaient en entrechoquant leurs branches, et les vieux chênes découronnés dressaient sur les fossés leurs souches noirâtres, et prenaient aux yeux du passant les formes les plus étranges et les plus fantastiques.

La nuit était tombée depuis longtemps, et cependant un voyageur attardé traversait la Lieut'Grève et pressait le pas, autant pour arriver promptement au gîte, que pour échapper aux atteintes de la mer qui montait avec une extrême rapidité, et qui pouvait, en lui barrant le passage, le retenir prisonnier entre elle et les rochers.

Ce voyageur était un jeune homme d'une vingtaine d'années. Il avait les traits mâles et fortement accentués; ses cheveux noirs, s'échappant d'une large feutre, retombaient en boucles sur ses épaules.

Il était vêtu d'immenses braies de toile, de grandes guêtres de bure tombant sur des souliers ferrés, de la petite veste courte et du large gilet des paysans de la Bretagne.

Sur son dos il portait un bissac de toile passablement gonflé, et il tenait à la main un bâton d'épine noire dont il s'aidait pour marcher.

Il s'avançait en frissonnant malgré lui; les sinistres légendes de la Lieut'Grève lui revenaient à la mémoire, et de temps à autre il s'attendait à voir surgir de quelque coin de rocher, ou Satan avec toute sa séquelle de démons, ou un brigand, le poignard à la main, lui demandant la bourse.

Aussi c'était avec une vive satisfaction qu'Yvonet Meskaër voyait les rochers se succéder aux rochers, et poindre dans le lointain le pignon aigu de l'auberge du *Corbeau-Noir*, qu'on lui avait indiquée comme station entre Douarnenez et le Fret.

Yvonet Meskaër était orphelin. Il venait de Quimper, et se rendait à Brest pour y trouver de l'embarquement sur un navire marchand faisant voile pour les Antilles, où l'attendait le frère de sa mère, qui, d'après les rumeurs du village, y avait fait fortune. Le brave jeune homme avait la bourse légère, mais les poignets solides, et avait l'intention de payer son passage en travaillant en qualité de matelot au service du capitaine qui voudrait bien se charger de lui.

Il était arrivé devant une maison triste, basse et de piètre apparence, dont les volets, jadis d'un beau jaune, déteints par le soleil et la pluie, ne présentaient plus qu'un aspect estompé de mille bariolages. La façade de la maison, profondément lézardée, était surmontée d'un toit de chaume recouvert d'une mousse verdâtre et de plantes grimpantes, qui en couronnaient le pignon.

Au-dessus d'une porte bâtarde, un corbeau était cloué par les ailes, et servait d'enseigne au cabaret.

Voilà quel était l'aspect général de l'auberge du *Corbeau-Noir*.

La maison regardait la pleine mer, et était limitée derrière par un bouquet de noirs sapins suivis à perte de vue de landes incultes et sauvages, confondues dans l'ombre de la nuit.

Comme on le voit, le paysage était aussi sinistre que l'habitation.

Yvonet Meskaër hésita avant de savoir s'il devait demander asile dans une maison qui, pour lui, ressemblait plutôt à un coupe-gorge qu'à une de ces confortables hôtelleries qu'on trouvait en la bonne ville de Quimper.

Néanmoins, comme il n'avait pas le choix des moyens et que l'idée de continuer sa route par un temps semblable ne lui souriait que médiocrement, il se décida à frapper.

Au premier appel, personne ne répondit.

Meskaër s'impatienta et frappa plus fort.

La bise fraîchissait de plus en plus, et le pauvre garçon grelottait à cette porte inhospitalière.

— Me laisseront-ils me morfondre ici toute la nuit ?... se demanda-t-il avec effroi.

A ce moment, un des volets fut écarté avec précaution, une tête apparut derrière les barreaux de fer qui garnissaient la fenêtre, et une voix brusque s'écria :

— Qui êtes-vous et que voulez-vous ?...

— Qui je suis !... répondit Meskaër, ça ne vous regarde nullement, mon bon-homme !

— Que voulez-vous alors ?... répéta la voix plus brusquement encore.

— L'hospitalité pour cette nuit !

— Avez-vous de l'argent ?...

— Vous êtes bien défiant, mais il paraît que j'en ai toujours suffisamment pour vous, car je n'ai pas l'habitude de deman-der la charité.

Et le jeune paysan, frappant sur son gilet, fit résonner dans la poche quelques pièces de monnaie.

Le volet se referma, et quelques instants après Yvonet entendit le bruit d'un ver-rou qui grinçait dans la pierre.

La porte s'entr'ouvrit, et une vieille femme, une chandelle à la main, fit signe au voyageur de la suivre. Yvonet s'engagea après elle dans un étroit couloir, et entra dans une salle basse où un grand feu brillait dans l'âtre.

Près du foyer, deux hommes étaient assis près d'une petite table de chêne supportant une bouteille d'eau-de-vie et deux gobelets d'étain.

A l'entrée du voyageur, ils se détournèrent et reprirent leur conversation à voix basse.

— Il ne fait pas beau, ce soir, dit la vieille femme à Yvonet.

— Non, la mère, répondit ce dernier en jetant sur un banc son bissac et son bâton. Donnez-moi quelque chose à manger, je meurs de faim.

— Asseyez-vous là, mon gars, je vais vous donner tout de suite ce qu'il vous faut.

En ce moment, les deux hommes se levèrent et se dirigèrent vers la porte.

Yvonet profita de leur absence pour examiner la salle basse où il se trouvait.

C'était un appartement plus long que large, garni de tables et de bancs, et dont les murs, blanchis à la chaux, étaient ornés de grossières vignettes représentant le Juif-Errant, le roi Dagobert, Geneviève de Brabant, etc... etc...

L'unique fenêtre donnait sur le sentier qui conduisait à la grève et dominait la pleine mer.

Yvonet entendit sur la route des pas qui s'éloignaient, et bientôt l'un des deux hommes vint reprendre sa place près du foyer.

C'était le propriétaire de l'auberge du *Corbeau-Noir*, homme d'une quarantaine d'années, à l'expression hypocrite et cauteleuse, que lui donnaient deux petits yeux gris enfouis sous d'épais sourcils roux. Sa bouche démesurément fendue atteignait presque ses oreilles, et un sempiternel sourire errait sur des lèvres amincies. Il était vêtu d'une vieille défroque de matelot et chaussé de lourds sabots à demi bourrés de paille.

Yvonet le considérait avec défiance; sa physionomie fausse lui inspirait un sentiment de dégoût qu'il lui était impossible de dissimuler.

La vieille femme rentra et plaça devant le voyageur une assiette de faïence enjolivée d'une superbe guirlande de fleurs, sur laquelle reposaient un morceau de lard et une tartine de pain bis.

— Voilà, mon gars, lui dit-elle; maintenant je vais vous apporter à boire.

La route avait aiguisé l'appétit d'Yvonet, qui, remerciant d'un geste, attaqua vigoureusement les aliments placés devant lui.

Bientôt un pot de cidre bourbeux vint compléter le repas, et Yvonet, complètement repu, alla au coin du feu, en face du propriétaire de l'auberge.

La femme était sortie lui préparer un lit.

—Eh!... eh! fit tout-à-coup l'aubergiste, nous ne sommes pas, je crois, du pays... jeune homme?...

— Non.

— Et vous allez à Brest ?...

— Que vous importe ?...

— Ah ! rien du tout. Histoire de causer un brin pour passer le temps.

— Je n'aime pas qu'on m'interroge, repartit froidement Yvonet. Quand j'ai quelque chose à dire, je n'attends pas qu'on me le demande !

— Comme vous voudrez ; je ne tiens pas à savoir d'où vous venez ni où vous allez !

Et se penchant dans l'âtre, l'aubergiste prit un charbon ardent et alluma sa pipe.

Yvonet Meskaër tombait de sommeil. Il avait fait une longue route, et, son rustique repas terminé, il soupirait après un bon lit, car il songeait à reprendre sa route le lendemain avant le point du jour.

Ses souhaits furent promptement exaucés. La vieille femme vint le prévenir que son lit l'attendait et qu'il pouvait aller prendre du repos dès qu'il le voudrait.

Yvonet se leva aussitôt, répondit froidement au bonsoir de l'aubergiste, et suivit la vieille femme dans la pièce voisine, où se trouvaient plusieurs lits.

C'était la chambre commune, vide ce soir-là, ce qui ne déplut pas au jeune homme.

Quelques minutes après, Yvonet Meskaër, après s'être recommandé à Dieu, dormait d'un profond sommeil.

L'aubergiste du *Corbeau-Noir* était toujours au coin de son feu.

CHAPITRE II.

Entre fripons.

Minuit sonnait à une vieille horloge de chêne placée dans un coin de la salle basse, et l'aubergiste du *Corbeau-Noir* dormait, la tête entre les mains, au coin du feu à demi mourant.

La chandelle était presque entièrement

consumée et ne jetait plus sur les objets environnants qu'une lueur douteuse et vacillante.

Tout était tranquille au-dehors. Le silence n'était troublé que par la rafale, qui soufflait toujours en amoncelant au pied de la maison le sable de la grève, que par les vagues, qui gémissaient tristement et faisaient entendre leur bruit sourd et cadencé en se brisant sur la plage.

Tout-à-coup un coup de sifflet traversa l'espace.

L'aubergiste se réveilla en sursaut, ses regards se portèrent aussitôt sur l'horloge.

— Il n'est pas en retard!... murmura-t-il.

Le sifflet lui était évidemment connu, car il se leva et se dirigea vers la porte.

Un homme attendait au-dehors, et se précipita dans la maison dès que l'hôtelier eut entrebâillé l'huis.

Ce dernier referma soigneusement la porte et s'en fut rejoindre le nouveau-venu dans la salle basse que nous connaissons déjà.

Il s'était assis au coin du foyer, avait jeté une brassée de bois sec sur les débris du brasier, et à la lueur brillante de ce feu de landes, nous allons essayer d'esquisser le portrait de maître Williams Stead fort, car c'est ainsi qu'il se nommait.

C'était un de ces hommes dont il est impossible de préciser l'âge.

Ses favoris grisonnaient déjà, tandis que sa chevelure était encore d'un blond foncé tirant sur le roux. Il était court et trapu, ses larges épaules étaient d'une dimension colossale et disproportionnées au reste de son corps. Le ventre proéminent revenait en avant, et des jambes grêles se terminaient par un pied à épouvanter un Breton.

Ajoutez à cela un air goguenard, dos mains lourdes et épaisses, et vous aurez maître Williams Steadfort tel que jadis nous l'avons connu.

— Eh bien !... lui demanda anxieusement l'aubergiste.

— Eh bien !... Pilven, répondit Williams, les affaires ne vont pas trop mal ! Demain soir, à la nuit tombante, je te ferai envoyer ce qui te revient.

Aux premiers mots de Steadfort, l'œil d'Alcibiade Pilven, — puisque tel est son nom, — s'était allumé de convoitise, mais l'étincelle de son regard s'éteignit aux derniers mots de la phrase.

— Demain !... demain !... répéta-t-il.

— Mais, certes oui, demain !... Ce n'est-il pas assez tôt ?...

— Mieux vaut tard que jamais !... soupira Alcibiade.

— Que veut dire ceci ?... demanda Steadfort en poussant un gros rire, qui, dans sa bestialité, signifiait bien des choses. Aurais-tu peur, par hasard, que je file en emportant le magot ?...

Le visage de Pilven s'empourpra subitement. Il eut honte d'avoir été démasqué.

— C'est pas ça que je voulais dire... balbutia-t-il ; seulement je trouve étrange que tu retardes ainsi les choses ; on ne sait ce qui peut arriver, et...

— C'est bon !... c'est bon !... tu auras ton argent demain ! mais parlons d'un autre sujet.

— Je t'écoute.

— Avec toi je ne *traînerai* pas, je vais te dire les choses comme elles sont... Il me faut un matelot.

— Et c'est à moi que tu t'adresses. Où veux-tu que j'aille en trouver ?...

Williams ricana de nouveau.

— Parlons peu, mais parlons bien, fit-il en présentant les jambes au feu ; tu sais l'engagement que tu as pris vis-à-vis de moi. Tu dois m'indiquer les bons coups de filet et les partager. Il est juste que tu aies ta part de peine comme un autre. Donc, sachant que tu peux me procurer un matelot, je te prie, et au besoin je t'ordonne de le faire.

— Mais, voyons, tu ne raisonnes pas.

4

Je n'ai pas sous la main un assortiment de matelots à te présenter.

Williams se rapprocha plus près de son complice et reprit à voix basse :

— Inutile de mentir!... compère Pilven. Tu as ici un jeune homme qui me conviendrait parfaitement pour remplacer mon matelot tombé ce matin à la mer en serrant les huniers. Ça fait un fameux vide dans ma bande de lurons!

— Ce n'est pas vrai! se défendit Pilven, je n'ai personne ici.

— Ah! c'est ainsi que tu le prends, maître fripon, rugit Williams; tu voudrais partager les bénéfices sans les gagner!... Eh bien!... adieu, dès aujourd'hui tout est fini entre nous... Mais, souviens-toi que si jamais tu laisses échapper un mot sur ce qui me concerne, je saurai te retrouver, fusses-tu rentré dans les entrailles de la terre !...

Tout en parlant et gesticulant ainsi, Steadfort s'était levé et se dirigeait vers la porte.

Il n'avait pas encore levé le loquet, que Pilven, mû comme par un ressort d'acier, était sur ses talons.

— Il y a peut-être encore moyen de s'arranger ?... fit-il avec désespoir.

Williams Steadfort se retourna.

— Je savais bien que tu serais revenu à mon plat, dit-il en souriant.

— Voyons, parle vite. Que veux-tu ?...

— Mais je te l'ai dit, mille bordées...

Puis élevant la voix :

— Un matelot ?....

— Eh bien ! tu l'auras, ce matelot !... mais à une condition.

— Laquelle ?...

— Que tu me régleras à l'instant ce que tu restes à me devoir.

— Je vois que la conférence est encore rompue, repartit froidement Steadfort. Au revoir, maître Pilven, je vous donnerai de mes nouvelles !

— Comme il vous plaira, Steadfort, au revoir !

Le marin haussa les épaules et poussa la porte après lui.

Les traits de l'aubergiste exprimaient la plus cruelle inquiétude.

— Reste à savoir s'il reviendra !... murmura-t-il.

Il s'approcha du volet, qu'il décrocheta doucement, et, l'oreille au guet, il écouta le bruit des pas de Williams résonnant sur la terre durcie.

Les pas se rapprochèrent, et Steadfort frappa de nouveau à la porte extérieure.

Pilven y était déjà.

— Veux-tu consentir à ma demande?... demanda-t-il à Williams.

— La moitié de la somme que je te dois... pas un sou de plus.

— Rien, alors !

— Misérable !... Ouvre, et ncus verrons après...

Pilven s'empressa d'obéir à l'invitation courtoise de son associé.

Celui-ci rentra brusquement ; sa main tourmentait le manche de son couteau.

— Je ne sais ce qui me retient, dit-il à Pilven, de te plonger cette lame dans la poitrine et d'anéantir ainsi toi et ta chienne de race !...

Pilven était appuyé sur le chambranle de la porte. Il ne sourcilla pas.

— Fais !... répondit-il froidement.

Ce calme exaspéra Steadfort, qui, saisissant son couteau, s'avança le visage gonflé par la colère, et le bras levé, sur le malencontreux cabaretier.

— Ecoute, continua Pilven, si j'ai un bon conseil à te donner, rengaîne cette lame qui ne me fait pas peur, car je sais que ma mort ne resterait pas huit jours sans être vengée... Mes précautions sont prises !...

Ces quelques mots judicieux de Pilven calmèrent subitement la surexcitation qui grondait dans le sein de Steadfort.

Il poussa un juron énergique, et jeta une bourse sur la table.

— Tiens, vois si ton compte y est!

Pilven prit la bourse avec avidité, la

soupesa un instant dans sa main, et répondit :

— Le compte doit y être... Viens, je vais te livrer ton matelot.

En même temps, il se dirigea vers un coin de la salle et y avisa un paquet de vieilles cordes toutes poudreuses.

— En route !... continua-t-il en baissant le ton.

— Serons-nous assez de deux ?... demanda Steadfort avec inquiétude.

— Et la vieille ?... répondit Pilven en ricanant, ne vaut-elle pas un matelot, celle-là !...

CHAPITRE III.

Le Jack Sheppard.

Quelques minutes après, à la lueur d'une mauvaise chandelle de résine qui projetait sur les murs du taudis sa flamme rougeâtre et fumeuse, nos deux maîtres fripons, accompagnés de la vieille femme, pénétraient dans le réduit où reposait Yvonet Meskaër.

Ils s'avancèrent avec précaution jusqu'au lit, tout en étouffant le bruit de leurs pas, qui faisaient grincer le sable dont le sol était recouvert.

Yvonet dormait d'un sommeil paisible qui paraissait être égayé par les plus heureux songes. Un souffle égal et harmonieux s'échappait de ses lèvres souriantes; ses longs cheveux, rejetés gracieusement en arrière, laissaient à découvert un front noble et intelligent.

Qu'il était beau, ce brave enfant, vigoureux rejeton de la vieille race celtique, sur ce misérable grabat, dont les rideaux en loques tremblaient sur sa tête, agités par le vent qui pénétrait par tous les ais disjoints de la masure.

Sa chemise entr'ouverte laissait apercevoir une poitrine blanche et musculeuse, et ses mains jointes lui donnaient un air de béatitude céleste.

Les bandits ne s'arrêtèrent pas à cette contemplation; seule, la vieille mégère montra en ricanant les quelques dents jaunes et branlantes qui lui restaient, et s'adressant à Steadfort :

— Oh! las, fit elle sournoisement, le beau jouvenceau que vous allez avoir à votre bord! Par tous les saints du paradis, ne lui faites pas de mal, à ce pauvre innocent.

Williams ne répondit pas à cette sortie, il était pressé d'en finir.

— En avant! s'écria-t-il avec une énergie sauvage.

En ce moment, le jeune homme fit un mouvement; les misérables pensèrent qu'il allait se réveiller, et se dissimulèrent de leur mieux derrière les rideaux.

Mais cette précaution fut vaine: Meskaër ne se réveilla pas.

Ce que voyant, les bandits se disposèrent à mettre à exécution le marché qu'ils avaient conclu.

En moins d'une minute, Yvonet Meskaër fut saisi, bâillonné, garrotté dans son lit, incapable de faire aucun mouvement. Steadfort le roula dans une des couvertures, le chargea sur ses épaules et se dirigea vers la porte. L'aubergiste du *Corbeau-Noir* et l'horrible mégère le suivirent jusqu'au dehors.

— Faut-il t'accompagner au navire?... demanda Pilven.

— Inutile!... répondit Steadfort. Quatre hommes m'attendent dans la chaloupe, derrière la pointe aux Mouettes.

Pilven n'insista pas, et, suivi de la vieille, rentra dans la taverne.

Resté seul, Steadfort descendit d'un pas sûr le sentier qui conduisait à la plage. Arrivé là, il posa son fardeau sur le sable, et siffla d'une manière particulière.

Quelques instants après, une chaloupe, montée par quatre hommes, se détacha d'une pointe de rochers à l'intérieur de la baie, et vint attérir aux pieds de Steadfort.

— *Descends à terre*, cria-t-il, et *embarque-moi* ce colis humain avec autant de précautions que s'il s'agissait d'un baril de rhum de la Jamaïque.

— Suffit, cap'taine, répondit le patron, on ira en douceur.

Les matelots descendirent à terre, et se saisirent du malheureux Yvonet, qui fut enlevé en un clin d'œil et jeté au fond du canot.

Le capitaine sauta le dernier, repoussa du pied le canot, et prit la barre.

— Avant partout!... cria-t-il au lougre, et nage ferme !

Les rameurs se penchèrent silencieusement sur les avirons; on n'entendit plus que le bruit cadencé des pelles (1) frappant la mer.

A mesure qu'on s'éloignait du bord, on apercevait plus distinctement la noire silhouette d'un lougre, doucement balancé par les flots.

Au premier abord, ce navire pouvait passer pour un honnête marchand; mais

(1) Plat de l'aviron.

un œil clairvoyant eût deviné, sous les découpures de huit sabords, huit gueules d'airain qui, au milieu du combat, devaient vomir la mitraille et la mort.

Ce lougre, renommé dans le faste des terribles guerres de la piraterie, appartenait en toute propriété à maître Williams Steadfort, et portait le nom du plus célèbre voleur anglais : le *Jack Sheppard.* Un équipage placé sous la protection d'un si glorieux patron ne pouvait manquer d'arriver, sinon à la gloire, du moins à Tyburn.

Le canot touchait les flancs du lougre; Steadford s'accrocha à un bout de filin et grimpa sur le pont.

Yvonet Meskaër fut hissé par les soins des matelots, et transporté sur la dunette, dans un endroit où il ne pouvait gêner la manœuvre.

Tranquille sur le sort de son nouveau matelot, le capitaine ordonna de lever l'ancre et d'orienter le navire pour prendre le vent.

Il ne voulait pas rester plus longtemps dans ces parages, car ses affaires, comme il appelait ironiquement les déprédations et les rapines qu'il commettait, l'appelaient sur les côtes d'Irlande.

Lorsque le navire eut repris sa route, le capitaine se dirigea vers Meskaër, et lui enleva le bâillon qui le gênait horriblement.

Yvonet et Williams Steadfort étaient seuls sur l'arrière. Ils n'avaient donc à redouter aucune oreille indiscrète.

Williams Steadfort s'assit à côté du jeune homme, et se moucha bruyamment.

— Mon garçon, lui dit-il, le moment est venu de filer doux! Tu m'as l'air d'un luron solide et déterminé; je ne demande pas mieux que de te faire l'existence aussi belle que possible, tant que tu resteras dans les bornes du respect et de l'obéissance. Le métier de marin, tel que nous le professons, ne peut manquer de te convenir. L'existence est peut-être périlleuse, mais les profits sont beaux. Ça compense tout!... Il y a plus d'un gaillard dans la marine marchande qui envie notre sort!... S'amuser et boire... boire et se battre, voilà en deux mots notre position journalière! Quand nous sommes à la mer, nous *bûchons* comme des chiens, mais quand nous avons pris pied sur le sol de notre vieille patrie, tout est *nopces* et festins, et l'on festoie jusqu'à son dernier shelling! Alors on reprend la mer pour recommencer de nouveau. Voilà!... Ainsi, c'est convenu, tu es des nôtres?

Yvonet Meskaër, jeune homme simple et vertueux, ne comprenait rien à ce flux de paroles, et sans se demander pourquoi on l'avait amené à bord du lougre d'une façon aussi brusque et aussi originale, il répondit :

— J'accepte, si toutefois vous vous engagez à me conduire aux Antilles, où j'ai un vieux oncle que je vais retrouver.

— S'il ne te faut que ça, mon garçon, repartit Williams en ricanant, tu seras servi à souhait. Timonier, continua-t-il d'une voix railleuse, mets la barre sur les Antilles pour y conduire Monsieur, qui va voir son oncle !

Puis il se retourna de nouveau vers le jeune homme stupéfait.

— Ainsi donc, garçon, c'est entendu, nous partons pour les Antilles. Je vais faire de toi un matelot qui fera honneur à son maître; tu es entre bonnes mains, par conséquent tu ne manqueras pas d'arriver un jour ou l'autre ! En attendant, la nuit est longue, tu peux aller te reposer dans le poste de l'équipage, où tu trouveras des habits pour remplacer les tiens, qui sont restés là-bas. Nous reparlerons du reste demain matin.

Tout en disant ces mots, maître Stead-fort dénouait les cordes qui retenaient captifs les membres du pauvre Yvonet, et fit signe de le conduire au poste de l'avant.

—Bonne affaire!... murmura-t-il dès que Meskaër eut disparu dans l'écoutille; l'en-

fant est doux comme un mouton, il ne se
doute de rien !... nous le formerons!...

Williams Steadfort alluma sa pipe, et
répéta en se frottant les mains :

— Nous le formerons !... nous le formerons!

CHAPITRE IV.

Expiation!

Le lecteur connaîtrait bien mal le gars
de notre Bretagne, en pensant qu'Yvonet
Meskaër n'avait point dormi pendant cette
nuit, pour lui si fertile en événements.
Notre Breton avait dormi du plus profond
des sommeils, sans s'inquiéter un instant
du lieu où il était.

C'est pourquoi, le lendemain, vers six
heures du matin, les sens parfaitement
reposés et l'esprit tranquille, Yvonet Meskaër monta sur le pont pour aller trouver
le capitaine et avoir avec lui un entretien
plus sérieux que celui de la veille.

Il fut étrangement surpris de voir une partie des matelots astiquer des caronades et des armes de toutes sortes.

— Ah! ah!... s'écria-t-il, que veut dire ceci?... Depuis quand un bon navire marchand est-il armé de la sorte?

Puis, reportant son regard sur l'équipage, il lui sembla que des matelots du commerce ne devaient pas avoir le visage tellement rébarbatif, et une telle mine où se reflétaient toutes les mauvaises passions.

L'esprit en proie à ces réflexions, il jeta les yeux au ciel comme pour y chercher une inspiration; mais quel ne fut pas son effroi, en voyant flotter à la corne de poupe un pavillon complètement noir, qui contrastait singulièrement avec la blancheur des voiles.

Yvonet n'était pas très érudit sur tout ce qui concernait la marine, marchande ou militaire, mais cependant il devina qu'il était tombé dans un piége, et qu'un pareil pavillon ne devait pas abriter la crème des loups de mer.

Les Bretons sont généralement énergiques. Meskaër eut vite pris son parti.

— Je veux savoir au juste où je suis, répéta-t-il, je le saurai.

Et résolûment il marcha à l'arrière vers la cabine du capitaine.

Le mousse voulut lui barrer le passage, mais d'une vigoureuse poussée Meskaër l'envoya rouler sur le pont à quelques pas plus loin.

Puis, ouvrant l'écoutille, il descendit.

Le capitaine du *Jack Sheppard* était assis dans sa cabine, fumant sa pipe et lisant un vieil exemplaire du *Times*, qui pouvait avoir trois mois de date. Devant lui, sur une table de roulis, était placé un énorme verre de wiskey. Ce coquin de Steadfort était décidément amateur du confortable...

Quand il entendit entrer le jeune Breton, qui tortillait timidement son bonnet do matelot entre ses mains, il daigna détourner la tête.

— Ah! c'est toi, garçon, dit-il avec un faux sourire. A propos, on t'a laissé faire la grasse matinée aujourd'hui, mais à l'avenir tu te lèveras au branle-bas comme les autres. Maintenant que tu es prévenu, dis-moi un peu ce que tu viens chercher.

— Capitaine, je veux.....

— Ah! je comprends, tu viens sans doute me demander quelles seront tes attributions. Attends, je vais faire chercher Harri Samuel, le maître canonnier, et...

— Non, capitaine, ce n'est pas ça, fit Yvonet, qui se décida à couper la parole à son chef.

— Comment, coquin, tu veux déjà savoir combien tu gagneras ici?... Goddam!... tu prends goût au métier!

— Non, capitaine, je voudrais.....

— Un quart de vin à chaque repas, de la viande fraîche tant qu'il y en a, de la salaison, et des fayols, quand il n'y a plus

autre chose? Peste!... j'allais oublier le
boujaron du matin.

— Mais, capitaine, ce n'est pas ça que
je demande...

— Impossible! mon garçon, impossible!
nous avons déjà un cuisinier à bord; c'est
assez d'un!

Le capitaine du *Jack Sheppard* savait
parfaitement ce que demandait Yvonet
Moskaër, mais il voulait retarder et au
besoin empêcher une explication qui lui
semblait inévitable.

Mais à mesure qu'il parlait, la physionomie d'Yvonet se rembrunissait; il était
têtu comme tous ceux de sa race, et voulait
avoir le dernier mot.

L'orage allait éclater.

— Capitaine, reprit sourdement Yvonet,
dont la voix tremblait de colère, vous vous
êtes assez joué de moi, et vous allez me
répondre catégoriquement.

— Ah! vraiment!...

— Je veux savoir où je suis, et pourquoi
ce lambeau funèbre flotte à l'arrière de

votre navire au lieu du pavillon français.

Williams éluda la question.

— Tu es à bord d'un navire de Sa Majesté Britannique. (Dieu lui accorde de longs jours!)

— Anglais ou Français?... vous n'avez pas répondu à ma question.

— Eh bien! reprit impétueusement Williams, ce pavillon flotte à ma corne parce que telle est ma volonté, et j'entends que personne n'y trouve à redire!

Comme tout-à-l'heure Steadfort, Yvonet sourit railleusement.

— Ah! vraiment?... fit-il sur le même ton.

— Vraiment?... répéta Williams. Je suis maître à bord du *Jack Sheppard*, et je ferai jeter à la mer le premier qui contreviendra à mes ordres.

— Commandez tant que vous voudrez sur tous ceux qui sont de bon gré à votre bord; mais moi, que vous y avez amené de force, je prétends n'être sous la domi-

nation de personne ! Voulez-vous savoir à
bord de quel bateau, et en quelle compagnie je me trouve?...

Les traits de Steadfort se décomposèrent.
Il regarda fixement son interlocuteur.

— Dites, fit-il sourdement.

— Je suis à bord d'un lâche corsaire, et
au milieu d'un équipage de forbans, s'é-
cria Yvonet en serrant les poings et en
s'avançant vers le capitaine.

Steadfort s'était calmé, il répondit à
l'apostrophe d'Yvonet par l'esquisse d'un
sourire mielleux.

— Tu as deviné à peu près juste, garçon. Nous sommes corsaires, il est vrai,
mais dans le bon motif, et nous ne don-
nons la chasse qu'aux navires qui se livrent à l'odieux trafic de la chair humaine,
aux négriers ! Et c'est rendre un signalé
service à l'humanité souffrante que de risquer continuellement notre vie pour sauver celle de nos frères noirs injustement
opprimés...

Ces mots, prononcés avec une volubilité

toujours croissante, n'avaient guère été compris d'Yvonet.

— Capitaine, reprit-il, encore une question... Pourquoi m'avez-vous traîné à bord de votre navire d'une manière si violente, si vos intentions étaient pacifiques ?...

Steadfort allait répondre, quand le mousse entra dans la cabine.

— Cap'taine, un navire en vue !

— De plus fort tonnage que nous ?...

— Ça a tout l'air d'être une corvette anglaise, qui aurait l'idée de nous donner la chasse !

Williams était devenu aussi blanc qu'un suaire.

— Toutes voiles dehors !... cria-t-il, et qu'on remplace vivement le pavillon noir par le pavillon anglais ! Je monte sur le pont.

Le mousse s'était déjà élancé vers l'écoutille. Steadfort se préparait à le suivre, quand Yvonet lui barra le passage.

— Un instant, j'ai un service à vous demander. Faites-moi jeter à la mer pour ne pas être pris en compagnie de forbans comme vous.

Le capitaine du *Jack Sheppard* poussa un rugissement étouffé, le sang lui afflua violemment aux tempes, son visage empourpré semblait prouver qu'il allait éclater. Il était arrivé au dernier paroxysme de la fureur.

— Eh bien ! soit, va nous y préparer la place, fit-il en grinçant des dents. Et du doigt il pressa un bouton dissimulé dans les panneaux de la cabine. Le plancher s'ouvrit sous les pas du jeune Breton, qui chancela, et essaya un instant de se retenir aux rebords de l'oubliette. Il entendait les flots mugir au-dessous de lui.

Williams Steadfort, les bras croisés sur la poitrine, le contemplait avec une ironie sanglante; son regard semblait lire dans le cœur du jeune Breton, et attendre qu'il demandât grâce.

Il s'approcha encore plus près, et du ta-

lon de sa botte ferrée il mutila les doigts
du malheureux Yvonet.

— Assassin!... s'écria celui-ci dans un
dernier effort, je t'appelle au jugement de
Dieu!... Assassin! sois maudit!...

Puis la trappe se referma, et ce fut
tout.

En ce moment le navire fut ébranlé
comme par une commotion électrique,
un bruit sourd et effroyable se fit entendre.

Un boulet venait de pénétrer dans la
carcasse du *Jack Sheppard*, au-dessous de
sa ligne de flottaison.

En moins de temps qu'il ne faut pour
l'écrire, le capitaine fut sur le pont. Derrière lui, à une portée de canon, se dessi-
naient les formes élancées d'une corvette
à demi enveloppée d'un épais nuage de
fumée.

— Goddem!... s'écria Steadfort, nous
sommes flambés, tout dessus!... Tout dessus!...

Le lougre était surchargé de toile et

filait bon vent, mais la corvette se rapprochait toujours et gagnait de plus en plus sur lui.

Un second boulet vint frapper le grand mât, qui s'abattit avec un lugubre craquement.

Le lougre, privé de la partie essentielle de sa mâture, penchait horriblement sur bâbord, et ne pouvait aller loin.

— Coupez!... garçons, cou...

Williams Steadfort n'acheva pas; les matelots regardèrent de son côté.

La dunette était vide.

Le capitaine du *Jack Sheppard*, emporté par un boulet, était allé rejoindre sa victime.

L'équipage, complètement démoralisé, n'essaya plus de fuir.

La corvette canonnait toujours avec fureur, ses boulets venaient labourer profondément les flancs du lougre, qui, percé à jour comme une écumoire, laissait pénétrer l'eau de tous les côtés.

Ce n'était plus qu'une question de

temps, après lequel les matelots du *Jack Sheppard* n'avaient qu'un sort à attendre... la mer pour tombeau.

L'eau atteignait déjà les sabords et montait toujours.

Tous en masse à l'avant, ce qui restait de forbans imploraient la pitié de la corvette anglaise, qui ne répondait à ces supplications que par une canonnade précipitée.

Mais le drame devait avoir sa fin : le lougre s'engloutit en décrivant autour de lui un énorme tourbillon d'écume, l'eau bouillonna pendant quelques minutes, puis plus rien !...

La mer reprit sa tranquillité habituelle, et l'œil le plus exercé eût cherché vainement la place que quelques secondes auparavant occupait le navire.

Les Anglais répondirent par un long hourras de triomphe à la destruction du corsaire, puis la corvette reprit sa course, et se perdit dans les brumes du matin.

. . . .

Il était environ dix heures, c'est-à-dire deux heures après la scène que nous venons de décrire; le soleil se dégageait radieux des nuages qui, un instant, l'avaient obscurci, et les flots, mollement bercés par une douce brise, promettaient au navigateur une splendide journée.

L'*Hirondelle*, goëlette latine de la marine française, était en tournée de surveillance, et se disposait à rentrer au port de Brest, quand tout-à-coup un violent débat s'engagea à l'arrière entre deux matelots de l'équipage.

La cause de la querelle était un point noir que l'on apercevait à peu de distance, mais assez loin cependant pour qu'on ne pût pas distinguer ce que c'était.

L'un prétendait que c'était un requin, l'autre un bout d'espars.

Nos deux matelots avaient chacun bonne idée sur leur conviction, et ne voulaient point en démordre.

La dispute aurait pu aller loin sans l'intervention du second-maître, commandant l'*Hirondelle*.

— Vous avez tort tous les deux, fit-il, lorsqu'il fut au courant de l'affaire, moi je suis persuadé que c'est un baril!

— C'est ce qu'il faudra voir, dit l'un.

— C'est ce qu'il faudra voir!... répéta l'autre.

Là-dessus, comme on avait du temps devant soi, on mit le cap sur l'objet indiqué, afin de savoir à quoi s'en tenir.

Inutile de dire que tout l'équipage avait parié pour ou contre !

A mesure qu'on s'approchait, les convictions étaient de plus en plus ébranlées.

— Eh bien!... s'écria soudain le second-maître, nous avons perdu tous les trois !... Ce que tu prenais, toi pour un requin, toi pour un bout d'espars, et moi pour un baril, n'est autre chose qu'un chrétien en chair et en os, si toutefois les poissons lui en ont laissé!

Et le brave homme saute dans le canot

qui était amarré à l'arrière de la goëlette, prit la godille, et s'en alla droit sur le corps bercé par les flots.

Quelques instants après, il accostait la goëlette et remontait sur le pont en tenant dans ses bras le corps d'un marin, vêtu tout comme un marin du commerce.

C'était Yvonet Meskaër, qui, jusqu'au moment où il lui était resté un souffle d'énergie, avait courageusement lutté contre la mer.

Il était inanimé, mais des soins empressés le firent bientôt revenir à lui.

Quand il eut reprit ses sens, il jeta autour de lui un regard effrayé qui se changea aussitôt en un regard d'allégresse.

Les sympathiques figures des matelots groupés autour de lui lui disaient assez où il se trouvait.

— Je savais bien que Dieu ne m'avait pas abandonné, fit-il avec un soupir de reconnaissance.

Puis, tendant les mains aux matelots :

— Merci à vous, frères, qui m'avez sauvé de la mort.

Yvonet Meskaër fut ramené à Brest, où il put trouver un navire qui le conduisit aux Antilles.

Quand on rechercha l'aubergiste du *Corbeau-Noir* et l'horible mégère, on apprit qu'ils avaient quitté le pays la nuit même de l'enlèvement, en emportant tout ce qu'ils possédaient.

Si le lecteur veut savoir ce qu'est devenue l'auberge qui fut la cause première de l'aventure d'Yvonet Meskaër, qu'il se promène un beau jour sur la Lient' Grève, et il apercevra au milieu des sapins et des landes, une maison à demi effondrée, que les oiseaux de nuit ont choisie pour gîte, et qui quelquefois encore sert de repaire aux malfaiteurs.

C'est tout ce qui reste de l'auberge du *Corbeau-Noir*.

LA ROCHE MENGAN

CHAPITRE Ier.

Les Naufrageux.

C'était le soir de la fête des Morts, en l'année 1790, sur les côtes de Bretagne, à quelques lieues de Brest, en face de la redoutable roche Mengan, si fameuse par les sinistres qu'elle a causés.

Le vent soufflait avec rage, emportant dans ses tourbillons les dernières feuilles jaunes qui tremblotaient encore à la cime de quelques vieux chênes, et la marée montante venait se briser furieusement sur les récifs dont la côte est bordée à tous les points.

Dans cet endroit désert, hanté seule-

ment par les goëlands, qui y viennent
construire leurs nids à l'abri de la main
des hommes, se dressait cependant une
petite cabane de pêcheurs. Nous pénètre-
rons sans être aperçus dans cette misérable demeure.

Deux hommes, l'un jeune, l'autre por-
tant les traces d'une vieillesse prématurée,
se réchauffaient au feu brillant de landes,
qui pétillait dans l'âtre, donnant plus de
flamme que de chaleur.

— Père, disait le plus jeune, entendez-
vous le vent siffler, la mer doit être bien
mauvaise? Heureux les matelots qui sont
encore au port, car s'il faut en croire les
promesses du temps, il se prépare pour
cette nuit une solide bourrasque!

— Prions, mon fils, répondit le vieillard, prions pour le repos de l'âme de nos
frères qui ont trépassé loin de nous, et
prions aussi pour nos marins, que la bonne
sainte Anne les protége?

Ce disant, le vieillard s'agenouillant sur
les pierres du foyer, tira son bonnet de

laine et sortit des poches de son bragou-
braz un vieux chapelet noirci par le temps,
qu'il se mit à égrener silencieusement.

Le jeune homme suivit son exemple.

Nous profiterons de leur silence pour
décrire l'intérieur de leur habitation.

C'était une maisonnette bâtie de débris
de navires et couverte de varech. Dans
un coin, près de la porte, étaient entassées
des gaffes, des voiles et des avirons ; tout
dans cette maison se ressentait de la pro-
fession des deux hommes. Leur lit commun, placé sur la terre nue, se composait
d'une épaisse couche de varech, recouverte de leurs filets et de débris de vieilles
voiles. Une table boiteuse et quelques
coffres servaient à la fois d'armoires et de
siéges. Quelques images de dévotion, deux
ou trois branches de buis béni, étaient
fixées à la muraille et indiquaient que
les habitants avaient voué un culte sincère à Celui qui les protégeait incessam-
ment dans les jours de péril.

Les deux hommes étaient depuis longtemps en prière, quand, semblable au mugissement des vagues, une lointaine rumeur arriva jusqu'à eux et les fit subitement se relever.

La mer déferlait toujours plus menaçante que jamais.

— Ecoutez, père, fit le jeune homme, ils viennent!... Un nouveau malheur vient d'arriver!...

— Les insensés!... reprit le vieillard en secouant doucement sa tête blanche, ils ne respectent même pas la mémoire de ceux qui furent leurs ancêtres.

La rumeur avançait toujours, sourde d'abord, puis plus rapprochée.

Le père et le fils s'élancèrent sur la porte.

Au loin brillait une lueur immense, rougissant une partie du ciel et se reflétant sur les rochers et les bruyères, qui prenaient des formes sataniques... Au milieu de ce brasier, s'agitaient des formes noires et confuses, qui ressemblaient à des damnés se débattant et se tordant au milieu des flammes de la Géhenne.

Un coup de vent passait sur tout cela, faisant ondoyer la flamme des torches, puis tout disparaissait à l'angle d'un rocher pour reparaître quelques pas plus loin. Tout-à-coup une population entière de démons, hommes, femmes, enfants, passa comme un ouragan devant la cabane de Pengoët, un cri immense domina les plaintes de la mer.

— Aux épaves ! aux épaves !...

Tout cela disparut comme un rêve, on eût pu croire à une apparition infernale.

Pengoët referma la porte, et fit signe à son fils.

— Viens, dit-il, allons voir jusqu'où peut aller la cupidité des hommes !

Et il ferma simplement sa porte au loquet.

Il ne craignait point les voleurs !

Les deux hommes se dirigèrent vers la grève en descendant les falaises bordées de précipices. Il fallait avoir le pied ferme et ne point trembler, pour se risquer ainsi entre terre et ciel. Mais le vieux Breton avait son pen-baz, dont il sondait le terrain pour ouvrir passage à son fils, qui ne le quittait pas d'une semelle; bientôt ils furent sur la grève.

L'œuvre de destruction était déjà commencée.

Le tourbillon humain qui avait passé devant la cabane de Pengoët était tout simplement une bande de naufrageux affamés, de pilleurs d'épaves! Pour attirer les navires, ces hommes n'osaient plus, comme jadis, allumer des feux de landes au haut des falaises escarpées, mais ils faisaient leur proie de ce que la tempête jetait au rivage.

Comment avaient-ils su qu'un navire s'était perdu sur la roche Mengan?... Qui avait donné l'éveil?...

Mystère!...

Ils s'étaient tous rencontrés, le commun instinct du mal les avait guidés.

Au loin on apercevait la masse confuse

d'un navire qui, poussé et repoussé par les lames, venait toujours donner sur le fatal récif. A chaque choc, un craquement se faisait entendre, et avait pour écho un immense cri de triomphe parti de la grève. Les hommes étaient rentrés dans l'eau jusqu'à la ceinture, et à l'aide de leurs longues gaffes attiraient à terre les débris de toute sorte qui flottaient autour d'eux; parfois renversés par les lames, ils se relevaient toujours avec une nouvelle activité.

Les femmes, véritables mégères, les éclairaient avec les torches. Leurs yeux brillaient d'un reflet étrange, et la bourrasque, soufflant au-dessus de leurs têtes, éparpillait sur leur visage les longues mèches de leurs cheveux.

Les enfants s'efforçaient de mettre à l'abri ce que les hommes harponnaient.

Voilà quel aspect représentait la grève, quand Pengoët et son fils y arrivèrent.

A leur vue, un sourd murmure s'échappa des groupes, et chacun se recula comme au contact d'une bête venimeuse.

Entre le bandit et l'honnête homme, il y a un abîme que le premier n'ose sonder, tant sa profondeur l'épouvante.

Les femmes, plus osées, bourdonnèrent aux oreilles des deux Bretons quelques menaces que ceux-ci ne relevèrent pas. Ils n'étaient venus que pour assister en muets spectateurs au drame qui se déroulait sous leurs yeux.

Le navire avait fini par se briser complétement, et les débris arrivaient plus pressés que jamais. Tout le butin était immédiatement mis en commun pour être partagé plus tard, chacun son lot.

Quelques cadavres étaient aussi venus demander la sépulture, mais on ne s'en occupait pas : ce n'était point une marchandise!

Les heures s'écoulaient rapides, et les naufrageux allaient s'enfuir avec la nuit, quand une sorte de discussion se fit entendre dans un groupe.

— Je te dis qu'il n'est pas mort !

— Si, répondait un autre. Tire-le, pour voir !

Les deux Bretons se rapprochèrent.

Un homme, taillé en hercule, les habits ruisselants d'eau de mer, s'avança, un corps humain sur l'épaule.

— S'il n'est pas mort, dit-il, je ne serai pas long à l'achever !

Et déjà il levait sa gaffe pour fendre le crâne de l'infortuné.

Mais Pengoët s'avança brusquement jusqu'à lui, et étendant sa main sur le corps :

— Je vous le défends !... fit-il.

CHAPITRE II.

Cœur de Breton.

Une rumeur menaçante s'éleva dans le groupe. quelques autres naufrageux se joignirent aux premiers, et Pengoët fut bientôt entouré d'un cercle de gaffes prêtes à retomber.

— Je vous le défends, poursuivit-il avec plus de véhémence; *si vous en allez par là,* j'ai autant de droits que vous sur ces épaves!... Eh bien! pour ma part, je ne demande qu'une chose... la vie de cet homme!

La clameur s'était dissipée pour faire place à quelques instants de silence; Jacques s'était élancé au secours de son père, montrant aux assaillants ses poings serrés.

— Au fait, reprit un des naufrageurs, puisqu'il ne demande que ça, nous pouvons bien le lui laisser, ce n'est pas une affaire.

— Rengaîne donc tes poings, ami Jacques, poursuivit un autre au fils de Pengoët, on ne te l'enlèvera pas.

Ils retournèrent aux épaves, et Pengoët et son fils restèrent seuls en présence du naufragé.

Le vieux Breton le tira plus loin sur la grève, et à la lueur d'une torche se mit à le considérer.

C'était un grand jeune homme de vingt

à vingt-cinq ans, mis avec une certaine élégance, qui indiquait un homme occupant le milieu dans les classes de la société. Il était complètement vêtu de noir et était chaussé de fines bottes qui lui montaient jusqu'aux genoux. Sa tête, encadrée par des cheveux noirs, était du plus pur ovale, et une petite moustache ornait sa lèvre supérieure, tranchant sur la pâleur de son teint.

— Ça a l'air d'un homme comme il faut, dit Pengoët à son fils, tout en examinant l'étranger avec un air de bienveillante compassion.

— Père, repartit Jacquès, voyez, il est blessé.

Ecartant les cheveux du jeune homme, il montra à son père une large blessure qui saignait encore.

— C'est probablement avec leurs gaffes qu'ils l'auront ainsi défiguré, fit Pengoët. Mais ce n'est pas tout : il n'est pas mort, nous allons l'emporter à la maison.

Les deux hommes le saisirent dans leurs

bras, et se dirigèrent vers le cabane, en ayant soin cependant de ne pas prendre la route des falaises, par laquelle ils n'eussent jamais pu arriver, chargés de la sorte.

Ils tournèrent par un champ de betteraves et prirent la route des taillis pour arriver à la pantière. Le chemin était beaucoup plus facile. Les deux hommes, après s'être arrêtés deux ou trois fois pour souffler, arrivèrent à leur maisonnette.

Pengoët déposa doucement le blessé sur le sol, pendant que Jacqués ouvrait la porte.

Bientôt une chandelle fut allumée et posée sur la table ; ils revinrent prendre le blessé pour le poser sur leur propre couche.

Il n'avait pas repris connaissance, et, pendant le trajet, une écume rougeâtre était venue humecter ses lèvres ; il était froid comme un marbre, et ses membres avaient la rigidité du cadavre.

— Nous n'avons pas de temps à perdre,

fit Pengoët, qui se mit en mesure de déshabiller le blessé tout en coupant ses habits pour aller plus vite.

Puis il alla vers un des coffres, l'ouvrit, en retira un flacon d'eau-de-vie et un morceau de flanelle qu'il imbiba du liquide.

Aidé de Jacquès, il se mit à frotter vigoureusement le corps de l'étrang r.

Sous cette friction énergique, le sang reflua aux extrémités et reprit son cours habituel, les membres se détendirent, et un soupir de soulagement s'exhala des lèvres du jeune homme.

Pengoët ne perdit pas de temps, il prit le flacon d'eau-de-vie, le lui introduisit entre les dents et lui en fit avaler quelques gorgées.

Le blessé ouvrit les yeux, essaya de murmurer quelques mots qui ne furent compris ni du père ni du fils.

Après cet effort, sa tête retomba sur la couche.

— Allons, fit Jacquès, décidément il y a du mieux, couvrons-le, et laissons agir la nature.

Il jeta sur le jeune homme un caban de marin, l'enveloppa chaudement dans une vieille couverture, et alla s'asseoir près de son père sur un des vieux coffres.

Le jour commençait à poindre, et la tempête ne diminuait pas d'intensité.

Le vieux Breton avait repris son chapelet et priait toujours pour les trépassés.

— Tiens, fit-il subitement à Jacques, il fera trop mauvais, je n'irai pas en mer aujourd'hui !

— Vous aurez raison, père.

Tout-à-coup, le malade se dressa sur son séant...

Il semblait en proie à un furieux délire...

— Allons, s'écria-t-il d'une voix forte, tout le monde en haut..... Timonier, à la bare... Vire, vire tout... tribord, nous allons sur la roche !... Du courage !... du courage !

Et ses gestes trahissaient la surexcitation dont il était saisi.

Les deux hommes se rapprochèrent simultanément.

— Mon père, pardonnez-moi, continue le blessé, une influence fatale... plus forte que ma volonté, m'a entraîné loin de vous !

J'écoute le cri de ma conscience !... J'étais si heureux près de vous !...

— Cet homme est fou, fit Jacques avec effroi.

— Non, répondit tristement Pengoët, ce sont les souvenirs du passé qui viennent se réveiller en lui !

— Père, c'est plutôt la fièvre qui lui fait *battre la campagne !*

— Il se souvient, te dis-je, écoute.

— Ne me maudissez pas !... continua le blessé ; une fois entré dans cette voie funeste, je ne puis plus en sortir... Il faudra que je meure comme j'ai vécu, maudit !... et abandonné de tous !

Cet effort surhumain avait épuisé ses forces, il retomba sur son lit de douleur, et bientôt une respiration douce et égale s'échappa de ses lèvres entr'ouvertes.

— Il repose maintenant, fit Pengoët, l'abattement a succédé à la surexcitation, nous allons en profiter pour panser sa blessure.

Le vieux Breton prit dans le fond d'un coffre un morceau de linge qu'il plia avec soin, et aidé de Jacques, il l'appliqua sur le front du blessé.

Cela fait, ils se retirèrent tous deux au coin du foyer, attendant le grand jour.

Une conversation s'engagea entre eux pour savoir ce qu'ils feraient de l'étranger, tout en se demandant quel pouvait être cet homme, chez qui la voix de la conscience parlait si haut !

CHAPITRE III.

L'hospitalité bretonne.

La rafale ne s'était pas calmée, on entendait encore les lointains gémissements de la marée descendante et le bruit des galets qui, poussés et repoussés par la mer, se heurtaient avec un fracas perpétuel. Soudain des bruits de pas résonnèrent au-dehors, et la porte de la cabane s'ouvrit.

— Dieu vous garde! fit le nouveau-venu en entrant.

— Bonsoir, Trévidic, commença Pengoët sans se déranger; quel motif pressant t'amène chez moi, alors que tu as travaillé toute la nuit?...

C'était un des naufrageurs, cet hercule qui avait voulu fendre la tête de l'étranger.

— Oui, bien travaillé, repartit Trévidic, je m'en flatte; à preuve que chacun aura bien pour sa part une centaine d'écus.

— Bien mal acquis ne profite jamais, fit sentencieusement Jacquès.

— Oh! parbleu! vous autres, vous avez peur d'y toucher. Vous dédaignez les trésors que la mer nous envoie! Aussi *c'est pas* étonnant que vous êtes toujours dans la misère!

— Je me trouve bien comme je suis, reprit sèchement Pengoët; mais, voyons, tu n'as pas répondu à ma question. Qu'es-tu venu faire sous mon toit?...

— Ne nous fâchons pas, père Pengoët; je suis venu pour vous rendre un service!

Le vieux Breton considéra son interlocuteur comme s'il eût mal entendu.

— Toi!... un service, fit-il.

— Ça vous étonne?... C'est pourtant comme ça! Vous savez, l'*autre* que nous avons naufragé cette nuit était tout simplement un bel et bon corsaire marseillais, le *Foudroyant*, et l'individu que vous avez recueilli, si j'en crois le signalement du brigadier de gendarmerie, n'est autre chose que son capitaine. Ah! si j'avais su, hier, quand je voulais lui faire avaler ma gaffe, je m'en serais bien gardé. Mais, en somme, vous n'avez pas le plus mauvais lot: c'est cent écus que vous gagnez en le livrant à la justice!

— C'est cela que tu appelles un service? fit Pengoët en se levant lentement.

— Mais, dame, un service de cent écus!

— N'est que le déshonneur!... acheva Pengoët.

— Alors vous refusez?...

— L'hospitalité est sacrée sous mon toit, continua le vieux Breton. Cet homme a couché dans mon propre lit, il est par là devenu mon hôte, et sa personne doit être respectée !

—Comme vous voudrez, Pengoët; mais moi j'ai pensé qu'avec cent écus vous pourriez relever votre maison, acheter une barque neuve et des hardes pour cet hiver, qui s'annonce bien rude... et je pensais vous donner par là quelques douceurs...

— Que j'aurais achetées au prix de l'infamie, continua le vieux Breton. Non, tu ne connais pas Pengoët, le vieux pêcheur; son père ne lui a laissé pour tout héritage que l'honneur, et il prétend le conserver pur et sans tache.

— Allons, Pengoët, prenez un bon conseil.

— Le conseil en est pris. Pirate ou non, cet homme restera sous ma sauvegarde, et ne sortira de chez moi que pour

6

trouver un asile assuré là où la justice des hommes ne saura l'atteindre.

— Eh bien! écoutez, j'aime mieux vous parler franchement: je vous préviens, dans votre intérêt et dans celui du jeune homme, qui ne m'a jamais rien fait, que si, pour huit heures ce soir, il n'est pas sorti de chez vous, c'est moi qui viens le prendre et qui gagnerai les cent écus!

Pengoët eut un sourire incrédule...

— Oh! oh! ne riez pas, Pengoët! Aussi bien que vous, je connais tous les abris, toutes les grottes que peuvent offrir les falaises. Si c'est par là que vous le cachez, je le trouverai promptement.

— Tu ne feras point cela? fit Pengoët.

— Je le ferai!

— Ainsi, la guerre est déclarée entre nous?...

— Si vous ne voulez pas le dénoncer!

— Je l'accepte.

Le vieux Breton ouvrit la porte de sa masure.

— Trévidic, accentua-t-il d'une voix à

la fois grave et triste, sors ; aussi misérable que soit ma chaumière, elle n'a jamais été souillée par la présence d'un malhonnête homme. Sors, et que je ne te revoie jamais !

Trévidic s'arrêta un instant sur le seuil de la porte et étendit la main vers l'étranger.

— Dans huit jours, fit-il, la potence aura fait justice de ce misérable ! Tu m'as mordu au cœur, Pengoät; à nous deux maintenant !

Et sans tourner la tête, il sortit de la cabane comme il était entré.

— Monte sur les roches, Jacquès, dit le vieux Breton à son fils, dissimule-toi le plus possible, et vois s'il retourne chez lui.

Jacquès obéit, et avec une agilité prodigieuse escalada les rochers, en profitant de la moindre saillie de la pierre.

— Trévidic est fin, pensait-il, mais le bonhomme lui rendra encore des points au jeu !

Soit que Trévidic se sentît surveillé, soit

tout autre motif, il prit sans se détourner
le chemin de la Trinité.

Tranquille sur ce côté-là, Jacquès re
descendit et revint en courant à la cabane

Le vieillard l'attendait sur la porte.

— Eh bien! demanda-t-il avec anxiété

— Parti, répondit laconiquement Jac
quès.

— A l'œuvre donc!

L'étranger dormait toujours.

Pengoët alla à lui et le secoua doucement.

— Réveillez-vous! fit-il.

Le blessé ouvrit les yeux, et les pro-
mena autour de lui avec cette inquiétude
que l'on éprouve toujours quand on se
trouve dans un endroit inconnu.

— Où suis-je? balbutia-t-il.

— Chez des gens qui ne vous trahiront
pas, répondit chaleureusement Pengoët.

— Mais...

— Etes-vous assez fort pour vous lever?...

— Je ne sais, répondit le jeune homme.

— Essayons.

Les deux hommes le prirent par les bras, le soulevèrent et le déposèrent sur un des coffres.

— Oh! je marcherai maintenant, fit-il, je suis fort.

— Tant mieux, car vous allez avoir besoin de vos forces; en attendant, buvez ceci.

Et Pengoët lui tendit la fiole d'eau-de-vie.

Le jeune homme remercia d'un geste, et renversant la tête en arrière, avala une pleine gorgée.

— Merci, dit-il en remettant la fiole à Pengoët. Mais, continua-t-il en essayant de rappeler à lui ses idées, qui êtes-vous?

— Je pourrais vous faire la même question, fit Pengoët en souriant doucement.

Déjà le blessé avait pâli atrocement.

— Si vous avez quelque pitié pour moi, ne me le demandez pas... ne demandez jamais à votre hôte ce qu'il a été!

— Soit, répondit le Breton, n'en parlons

— Maintenant, expliquez-moi, je vous prie, mon brave homme, par quel heureux concours de circonstances je me trouve en sûreté chez vous, au lieu d'être enseveli au fond des eaux ?...

Pengoët était la franchise même, il lui raconta brièvement ce qui était arrivé depuis qu'il l'avait recueilli sur la plage, jusqu'aux propositions que Trévidic était venu lui faire.

— Ainsi, dit le jeune homme, vous savez qui je suis, et vous ne me chassez pas ?...

— L'hospitalité est sacrée, répondit le pêcheur. Je n'ai pas cherché à approfondir votre passé, mais vous êtes un homme comme moi. Chacun doit entr'aider son semblable, et l'avenir vous appartient pour réparer les fautes que vous avez pu commettre !

— Soyez donc béni, vous qui, au lieu de me repousser, m'accordez généreuse miséricorde !

— Le temps presse, continua Pengoët. Il faut se hâter, ce soir les gendarmes se-

— Et que vouliez-vous faire ?...

— Vous sauver !

— Laissez-moi accomplir ma funeste destinée ! Il y a longtemps que je suis marqué au front du sceau de l'infamie !

— Ayez confiance en l'avenir, répéta encore Pengoët, et venez.

Il lui donna de ses propres habits et enleva le lit de filets.

Les filets et le varech enlevés, on aperçut quelques planches.

Pengoët les écarta et démasqua une ouverture large et béante.

Pendant ce temps, Jacquès avait allumé une torche de résine et s'était approché.

Le vent s'engouffrait par l'ouverture et faisait tourbillonner le varech dans la cabane.

— Ce chemin que vous voyez là, fit Pengoët, conduit à une cachette connue de moi seul.

— Et si l'on vient me chercher chez vous?...

— On ne vous y trouvera pas !

— Mais, brave homme, vous poussez trop loin la générosité!

— Venez, vous dis-je.

Ils s'engagèrent tous trois dans un escalier taillé dans le roc vif; Pengoët, la lumière à la main, marchait devant, l'étranger le suivait, et Jacquès fermait la marche après avoir soigneusement attiré les planches sur l'ouverture.

On n'entendait que les pas résonnant sur le roc qui suintait d'humidité, et les brèves recommandations que Pengoët ne cessait de prodiguer à son hôte.

— Courbez-vous, attention...

En effet, la marche était des plus périlleuses.

Enfin ils arrivèrent à un couloir uni faiblement éclairé par les rayons du jour.

— Nous y voici, dit alors Pengoët, vous êtes là plus en sûreté que sur votre navire au milieu de l'Océan. Personne ne viendra vous y chercher.

La grotte était fermée par un énorme interstice des falaises. Une pointe de roche proéminente dominait l'ouverture et la dérobait aux yeux du dehors ; on ne pouvait y arriver que par la voie que nous venons de suivre, ou par la descente des falaises, chemin impraticable.

Au-dessous, à la marée basse, soixante à soixante-dix pieds d'élévation, des pointes de rochers aigus ; à la marée haute, des lames furieuses, qui rongeaient sans cesse le pied des falaises.

— Vous êtes ici comme chez vous, dit le vieux Breton. Jacquès viendra vous apporter des provisions, et vous n'avez qu'une seule chose à prendre garde : c'est de ne jamais vous avancer sur la plate-forme, de peur d'être vu et de peur du vertige.

— Mais je ne puis passer ma vie ici, fit avec désespoir le jeune homme. Mieux vaux la mort que ce tête-à-tête perpétuel avec les roches !

— Vous n'y resterez pas longtemps, la mer est encore trop forte, mais dès l'ac-calmie, je vous conduirai à Jersey, où vous serez libre.

— Mais, comment pourrai-je reconnaî-tre tant de bonté ?..., que dis-je, tant d'ab-négation, de dévouement pour un in-connu ?...

— En profitant de votre liberté pour laver votre passé souillé !

Le jeune homme resta silencieux. Les simples paroles du Breton l'avaient tou-ché au cœur. C'était une nouvelle nature qui se refaisait en lui.

Pengoët était revenu et reparti, lorsqu'il sortit de sa rêverie.

Près de lui étaient un pain de seigle, quelques poissons fumés, de l'eau et une gourde d'eau-de-vie. C'était tout ce qu'a-vait pu faire le pauvre pêcheur.

CHAPITRE IV.

Perquisitions.

Il y avait déjà une journée que l'inconnu était renfermé dans la grotte. Afin de n'éveiller aucun soupçon, le père et le fils

avaient repris leur train de vie ordinaire,
et après une journée laborieusement pas-
sée à ramasser du goëmon sur la grève,
ils se reposaient au coin de leur feu, quand
un coup sonore fut frappé sur la porte,
pendant qu'une voix s'écriait :

— Au nom de la loi !... ouvrez.

Pengoët s'attendait parfaitement à cette
visite, aussi s'empressa-t-il d'acquiescer
à l'ordre du brigadier de gendarmerie, ac-
compagné de deux gendarmes et de Trévidic, qui leur servait de guide.

— Ça, vieux père, fit le brigadier,
avance à l'ordre.

Le Breton s'avança jusqu'à lui.

— Tu dois avoir dans ta case un étranger que tu as recueilli hier sur la grève?...

— En effet, répondit Pengoët, ce matin
encore il y était, mais maintenant il est
parti.

— Malheureux, fit le gendarme, tu ne
sais donc pas qui tu as laissé filer?...

— Je me suis laissé dire que c'était un
pirate, repartit Pengoët avec bonhomie.

— Oui, c'est un pirate! Et pourquoi ne l'as-tu pas retenu ?...

— Je ne suis pas gendarme, moi, fit simplement Pengoët.

— Pengoët, cet homme est chez toi !

— Cherchez-le.

Les gendarmes ne se firent pas prier, ils rentrèrent dans la cabane, et bouleversèrent tout. Ils lardèrent de coups de sabre la paillasse de varech, chavirèrent les misérables guenilles qui se trouvaient dans les coffres, et sondèrent le sol de la crosse de leurs mousquetons.

Mais Pengoët avait tout calculé, et rien dans la misérable demeure ne trahit le secret de la cachette.

— Je vous avais bien dit, fit Trévidic, que ce n'était pas ici qu'il fallait le chercher, mais bien dans quelque nid de goëlands sur les falaises.

— Il faut en finir, dit le brigadier de gendarmerie, il n'est pas ici, mais tu sais où il est, continua-t-il en s'adressant au vieux Breton.

— Oui, répondit celui-ci sans hésiter, je sais où il est.

— Eh bien ! tu vas nous le dire.

— Non.

— Prends garde, Pengoët, conseilla Trévidic, tu joues un mauvais jeu avec l'autorité, et sinon que l' brigadier t' connaît pour un honnête homme, tu t'attirerais une vilaine affaire.

— Pengoët, reprit le brigadier, je te somme de me dire où il est !

— Brigadier, reprit le vieux pêcheur, je suis Breton, j'ai la tête dure, et quand j'ai dit non... c'est non !

— Allons, fit-il tout-à-coup, une dernière fois, tu ne veux pas nous dire où il est ?...

— Non.

— Nous le trouverons bien sans toi. Trévidic nous guidera. Venez, vous autres.

Trévidic alluma une torche à celle de Pengoët, et s'éloigna, suivi des gendarmes.

— Cherche, cherche, dit le vieux Breton, mais tu ne trouveras pas.

Nous allons laisser le père et le fils s'endormir d'un profond sommeil, et nous irons avec les représentants de l'autorité commencer l'exploration des falaises.

La marée était basse, et les roches recouvertes de varech étaient un périlleux passage pour les gendarmes, qui glissaient à chaque pas sur ce semblant de limon.

La nuit entière se passa en vaines recherches, et l'aube du jour, traçant sur le ciel une raie blanchâtre, leur montra qu'ils avaient fait fausse route. Ils s'étaient éloignés d'au moins une lieue de la masure de Pengoët, et toutes les falaises, jusqu'à la moindre excavation, avaient été visitées avec soin.

Les Bretons sont tenaces, et Trévidic jura qu'il aurait le dernier mot; mais les gendarmes, qui n'avaient pas le même intérêt que lui, renoncèrent pour le moment à la poursuite, et lui apprirent qu'ils allaient retourner au Conquet.

L'astucieux Breton dissimula de son mieux le dépit que cette nouvelle lui causait, et les reconduisit par le chemin qu'ils avaient déjà parcouru. Ils avaient dépassé depuis longtemps la cabane du pêcheur, quand Trévidic poussa un cri de triomphe.

— Nous sommes sur la voie, dit-il.

— Comment? fit le brigadier.

— Regardez, répondit-il laconiquement.

Et du bout de son bâton, il désignait sur le sable des pas fortement accusés.

— Qu'est-ce que cela prouve?... fit le brigadier en haussant les épaules.

— Cela prouve, répondit Trévidic, qui, comme un vieux trappeur de la prairie, examinait les empreintes, que quelqu'un a passé par là, et je ne serais point étonné que ce quelqu'un fût Jacquès.

— Qui... Jacquès?

— Le fils du bonhomme Pengoët, donc. Mais ne nous arrêtons pas ici, suivons avec attention la marque des pas, qui nous conduiront sans doute au nid où perche l'oiseau.

Les gendarmes suivirent Trévidic, qui, pour ainsi dire, brûlait la piste. Il tressaillait d'impatience, croyait être certainement sur la trace, et roulait dans sa cervelle mille projets insensés, dont les cent écus formaient la base. Combien d'habits neufs et combien de noces au cabaret cette somme renfermait-elle!!!...

Mais une déception plus cruelle que les autres l'attendait cette fois.

L'empreinte les mena jusqu'au pied des falaises, et quand l'œil avide les interrogea, il ne trouva aucun endroit propice à cacher un homme.

— Ah ça, mon gars, fit le brigadier à Trévidic, tu te moques de nous ou tu ne sais plus ce que tu fais. Tu nous as baladés depuis hier soir par des chemins *subséquemment* mauvais, et tu ne nous as rien fait trouver du tout. M'est avis que nous retournons au Conquet, et que tu n'es pas assez fin pour deviner où s'est envolé l'oiseau! Bonsoir.

Et sans attendre la réponse du pêcheur, le brigadier s'éloigna, suivi de ses deux gendarmes, et alla rejoindre le fort du Mengan, où ils avaient laissé leurs chevaux.

La rage dans le cœur, Trévidic les regarda s'éloigner.

— Ah ! dit-il en étendant son pen-baz du côté de la maison de Pengoül, tu m'as joué, vieux goëland, mais je n'ai pas dit mon dernier mot !

L'empreinte qu'avait suivie Trévidic, et sur laquelle il avait fondé de si belles espérances, n'était autre que celle des pas de Jacquès lorsqu'il suivait le naufrageux pour savoir où il allait.

CHAPITRE V.

Le dernier mot de Trévidic.

Le vieux pêcheur, fidèle à la promesse qu'il avait faite à l'inconnu, mit tout en œuvre pour le faire promptement quitter ce rivage, où il ne pouvait rester indéfiniment sans risque d'être arrêté tôt ou tard.

Pengoût possédait un solide bateau qu'il gréa et installa commodément soi-disant pour aller faire la pêche du côté de Douarnenez et d'Audierne.

C'était justement le moment de la sardine de dérive, et tous les pêcheurs, sauf peut-être Trévidic, trouvèrent cela fort naturel.

. . . .

Quelques heures plus tard, sur la hauteur des falaises, on voyait se dessiner la silhouette d'un homme qui, le bâton à la main, avançait lentement, en sondant d'un œil scrutateur la route qu'il devait suivre. Il fallait qu'un bien puissant motif le guidât, car il escaladait les quartiers de roches presque inaccessibles avec une légèreté extraordinaire. Il s'avança jusqu'à l'extrême crête et jeta son regard autour de lui.

— Rien, fit-il avec accablement, rien; le brigadier avait raison !

Il allait s'éloigner, quand des lambeaux

de conversation franchissant l'espace arrivèrent jusqu'à lui.

— Ah! fit-il avec un accent de voix sauvage et farouche, cette fois il est à moi!

Il se coucha à plat ventre au bord du précipice, et tendit l'oreille attentivement.

Sa position était atroce.

D'une part, le vertige pouvait le prendre, l'équilibre pouvait lui manquer!

Et pourtant il resta...

— La mer monte, disait une voix, dans une heure elle sera haute; nous pourrons mettre à la voile et nous aurons le jusant pour nous!

— C'est Pengoët, murmura Trévidic; ah! le vieux serpent, il m'a joué le tour!

— Jacques et moi nous allons mettre la main aux derniers préparatifs : dans une heure nous reviendrons vous prendre, et alors... à la grâce de Dieu!

— Une heure!... fit Trévidic, j'aurai le temps d'agir, je vais enfin savoir par où ils sont venus!

Et il se pencha encore davantage pour

essayer d'entrevoir la route suivie par Pengoët.

Mais en ce moment la lune se voila, couverte par un épais nuage.

— Malédiction ! je ne saurai rien.

Il resta abîmé quelques instants, puis se relevant tout-à-coup :

— Entrons dans le repaire, dit-il, et là nous saurons bien par où sortir.

Il courut à quelques pas, où se dressait, juste en face de la roche Mengan, une croix de fer placée là pour perpétuer la mémoire d'un meurtre qui y avait été commis, déroula une corde qui lui entourait la taille, l'amarra solidement par une extrémité au pied de la croix, et revenant près du précipice, jeta l'autre bout dans le vide.

Cela fait, il tira son couteau, l'ouvrit, le serra entre ses dents, se cramponna désespérément à la corde et se laissa glisser.

L'étranger était dans la grotte, où il attendait avec angoisse le retour de Pengoët.

Ce n'était plus le même homme, deux jours de solitude l'avaient entièrement changé, l'avenir s'ouvrait tout grand devant lui ! Il espérait...

Il se souvenait aussi des paroles de Pengoët, le repentir du passé l'avait purifié, il croyait enfin à la miséricorde de Dieu !

Tout-à-coup il tressaillit et aperçut un homme qui se balançait au-dessus de sa tête. Quel était-il ?...

Il hasarda une question.

— Est-ce vous, Pengoët ?... demanda-t-il d'une voix sourde.

Un ricanement fut toute la réponse.

L'étranger se recula... l'étonnement le paralysait.

Tout-à-coup un craquement funèbre, suivi d'un cri de terreur, traversa l'espace.

Une ombre passa rapidement sur les rochers et vint tomber à ses pieds en rebondissant sur la pierre.

La corde s'était rompue, et le misérable était tombé de trente pieds de haut.

L'inconnu courut à lui, lui souleva la tête, et ne put recueillir que ces derniers mots :

— C'est réglé, mais c'est égal, j'ai trouvé le nid !

Pengoët arriva et fut tout surpris de trouver dans la cachette un hôte de plus.

Il s'avança et recula presque aussitôt.

— Trévidic !... fit-il.

Puis se découvrant respectueusement :

— Dieu ait son âme !

— Ainsi soit-il ! répondit Jacquès.

Et tous trois s'engagèrent dans le couloir pour redescendre ensuite par les falaises. Le canot les attendait.

Ils s'embarquèrent sans prononcer une parole.

Bientôt on n'entendit plus le ressac qui battait sourdement la côte, ils avaient franchi le goulet.

Le vieux Breton avait payé la dette de l'hospitalité. Le pirate était sauvé !

. . . .

Sur la côte de Jersey, au bord de la

mer, deux hommes se tenaient étroitement embrassés pendant qu'un troisième s'occupait de retenir une embarcation poussée par le flot sur la grève.

— Adieu, disait l'un de ces hommes, j'ai passé près de vous les plus doux instants de ma vie : soyez béni, je ne vous oublierai jamais!

— Ayez confiance en l'avenir, répondit le second d'une voix solennelle, le repentir efface bien des fautes! Adieu.

Et après avoir une dernière fois serré les mains que lui tendait son interlocuteur, Pengoët remonta d'un pied ferme dans son embarcation, qu'il poussa au large.

L'inconnu s'assit sur un quartier de roche et tint longtemps les yeux fixés sur la barque, qui, favorisée par une belle brise, s'éloigna rapidement.

Puis, quand la voile ne fut plus qu'une aile de goëland dans l'espace, il se leva tristement et prit son front à deux mains :

— C'était un rêve!... fit-il.

FIN.

TABLE.

—

FIN DE LA TABLE.

———

Limoges. — Imp. E. Ardant et Cie.

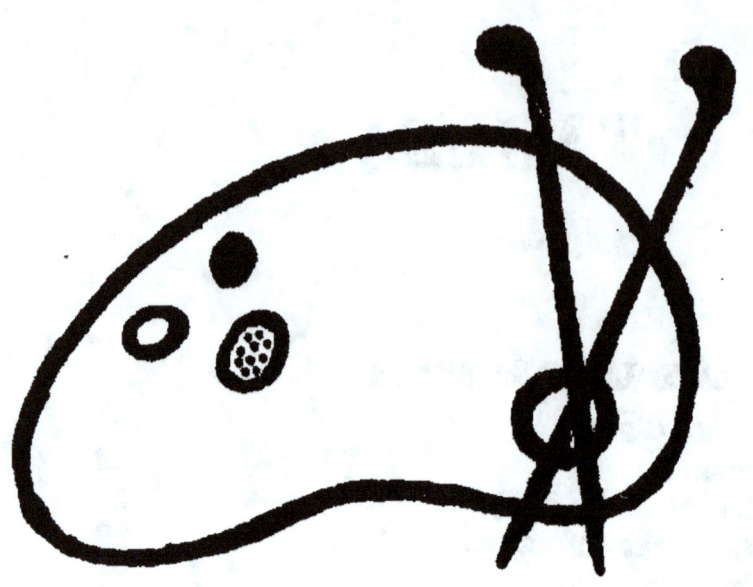

Original en couleur

NF Z 43-120-B